KB171055

사랑이 메아리처럼

사랑이
메아리처럼

· 이정순 지음 ·

화담출판사

일흔네 마디의 변주곡

인연이란 참 오묘하다. 그 깊이와 넓이를 알 수 없으니 어디에서 불어오는지 알 수 없는 바람같이 시작도 끝도 더없이 오묘하다. 이번에 첫 소설집을 출간하는 이정순(74) 작가와 필자와의 만남도 그 연장선에 있다는 생각을 해본다.

참 오래전 일이다. 2002년 여름, 강원도 설악산 백담사에서 주최하는 '만해시인학교'의 '소나무반' 지도시인으로 참가했던 필자는 백담사 산방 강의실에서 처음 이정순 님을 만났다. 다소곳한 자세로 강의를 듣는 모습에 문학을 사랑하는 중년의 주부라는 생각을 했었고, 진지하게 대화했던 그때 느낌은 오래도록 기억에 남아있다.

일주일 동안 진행되는 만해시인학교의 모든 강좌가 다 끝나기 전날 밤 '작가와의 대화' 시간에 이정순 님은 '회갑 기념'으로 이곳에 왔다고 이야기했고 필자는 놀라움을 금할 수 없었다. 그녀는 삼십 년 이상 일기를 매일 써왔고 그 일기에 쓴 시를 통하여 '시집'을 묶는 게 자신의 소망이라는 마음을 내비쳤다.

모든 일정을 다 마치고 학교로 돌아와 다시 바쁜 일상의 업무를 시작하면서도 필자는 머리에 한 가지 궁금증이 남아 있었다.

'백담사에서 만났던 문학 지망생 이정순 님이 시집을 묶었을까?'

그 후 이정순 님은 시에 대한 열정, 삶을 통한 수많은 고뇌와 번민을 각고의 노력 끝에 드디어 첫 시집《아직 늦지 않으리》로 상재했다. 2002년 겨울이었다. 그리고 그 뜨거운 시집을 가슴에 품고 이정순 시인은 삶의 애환을 통한 깊은 기쁨의 눈물을 흘렸다.

첫 시집은 이정순 시인의 고통을 분만하는 인생 졸업장이며 새로운 삶에 대한 도화선이 되리라는 짐작을 하며 그 후로는 서로 소식을 접할 통로가 없었다.

세월은 속절없이 흘러갔다.

2015년의 1월. 매서운 강원도 춘천의 마른 겨울은 눈조차 내리지 못한 채 북한강을 꽁꽁 얼게 만들었고, 화천강에 물이 없어 빙어 축제도 취소한다는 소식을 접하던 때이다. 필자가 인도 안드라 프라데시 주의 쓰리카쿨럼에서 교육선교 활동으로 겨울방학 한 달을 보내고 귀국하던 날 정오. 필자는 이정순 시인으로부터 오랜만에 전화를 한 통 받았다. 그리고 경악했다.

"아니, 소설을 썼다고요?"

필자는 재차 확인하는 질문을 했다.

"시집이 아니고 소설집이라고요?"

이정순 시인은 조용하게 말한다.

"네. 첫 시집 출간 후에도 십삼 년 동안 계속 문학 공부를 했고, 그리고 그동안 소설을 써왔어요."

"분량은요?"

"이백 페이지쯤 될 것도 같고요."

세상에, 이런 놀라운 경우는 참 드문 일이다.

주변의 선후배 작가들도 십삼 년 동안 한 작품에 매달린 경우는 거의 듣지도 보지도 못했다. 그리고 필자는 영광스럽게도 출간 전에 눈물로 쓴 이 뜨거운 소설 원본을 읽었고, 가슴을 울리며 눈물을 훔쳤고, 이정순 작가라는 새 인물을 다시 조명해볼 수 있었다.

일반적으로 소설집 첫머리에 저자의 약력이 소개된다. 어느 대학 무슨 과를 졸업하고, 무슨 작품으로 등단했으며, 어떤 문학상을 받았고 등등 여러 약력을 통해 독자들은 소설을 읽기 전 작가에 대한 어느 정도의 선입견을 갖고 작품을 읽는다. 그 때문에 독자들은 소설의 내용을 솔직하게 접하기 전에 이미 세상적으로 습관화된 경직성에 다소 문제점이 있다는 생각을 한다.

《사랑이 메아리처럼》의 작가는 제도권의 어떤 문학적 수업도 받지 않았다. 마치 잡초와도 같이 들판에서 세상의 온갖 비바람과 고통을 온몸으로 감내하며 오로지 한길만을 생각하며 '살아냈다'

6

라는 표현이 더 어울릴 것 같다. 소설의 특징인 산문성, 허구성, 사실성, 객관성이라는 명제들은 작가의 삶 가운데에 이미 녹아내려 명증되었다는 생각이다.

이 글은 소설보다는 차라리 자서전이라는 표현이 더 잘 어울릴 것 같다. 그만큼 그녀의 삶은 일반적인 상상을 뛰어넘는 소설 위의 소설이 아닐까 싶다.

전라남도 무안군 망운면에서 태어나 망운국민학교를 다닌 것이 그녀의 학력 전부이다. 그리고 23세 때 여동생 둘을 데리고 결혼할 수 밖에 없었던 현실. 이어지는 어린 자녀들의 사망(실제 두 아이를 잃었다). 사업의 실패로 야반도주하고 맨몸으로 거리에서 살았던 암울했던 과거는 그에게 새로운 문학에 대한 강한 역사를 더욱 북돋는 자생적 동기를 양산케 했다.

이 글《사랑이 메아리처럼》은 마치 그림자를 보고 그 원형을 상상하는 것처럼 문학 수업을 듣고 글을 쓴 것이 아니다. 오히려 수많은 경험과 독서를 통해 익힌 문학이 글쓰기로 나타난 것이다. 그래서 문학적으로 서툴 수도 있고, 소설의 특징과 조건에 엇박자가 보일 수도 있고, 삶의 체험을 밋밋하게 나열한 지루함이 보일 수도 있다. 그러나 이 모든 과정은 결국 독자가 자신의 삶에 비추어 어떻게 바라보느냐에 달려 있다. 왜냐면 진실과 열정 그리고 그 문학의 진정성을 '분명히 바라보리라'는 확신이 들기 때문이다.

필자는 문학적 구성의 논리와 메커니즘을 뛰어넘는 우리네 삶의 한 진정성이 보여지기를 간곡히 원하는 마음이다. 문장의 구조가 잘못되고 시제의 불일치로 인한 문제점은 지극히 자연스러울 수도 있다. 왜냐면 거친 삶 가운데 세월을 거슬러 전복된 삶은 그런 고통으로 인하여 충분히 이해할 수 있는 과정에 천착하리라 믿기 때문이다.

　이제 일흔네 살이다. 그런데 이제 시작하는 것이다. 거친 태풍을 뚫고 임시로 작은 항구에 닻을 내린 작고 낡은 목선의 갑판 위에는 부서진 기둥과 돛이 바람에 펄럭이고 노인이 배를 손질하고 있다. 머리는 백발이지만 눈빛은 소녀처럼 빛나고 먼 수평선을 바라보고 있다.

　이제 좀 쉬라고 말하고 싶지만, 다시 어구를 손질하는 그녀의 손놀림은 민첩하다. 날이 풀리면 다시 항해를 떠나려는 그녀의 야망을 아무도 막지 못하리라는 사실을 필자는 이미 간파했다. 그리고 과거에 한 말이 떠오른다.

　"나는 죽어도 누군가 단 한 사람이라도 내 글을 읽고 위로가 된다면, 나는 더없이 아름다운 삶이었다고 믿고 있습니다."

　울림이 있는 일흔네 마디의 변주곡이다.

- 시인 김홍주

❦ ❘ ❦

두 번째 꿈

내게 두 번째로 찾아드는 꿈속의 꿈이다. 나는 스스로 풍운아라는 생각을 하면서 내 안을 다시 들여다본다.

2002년 12월 15일, 환갑의 나이에 첫 시집을 출간하며 내 본명 '이정순'을 세상에 선보였다. 그 후 습관적으로 가수 윤항기의 노래 '나는 행복합니다. 나는 행복합니다. 정말 정말 행복합니다'를 부르며 13년을 지냈고, 또다시 사건을 하나 더 만들어본다.

지금 나이 일흔넷.

나는 누굴까?

요즘 나에게 새로운 또 하나의 노래가 생겼다. '여호와는 나의 목자시니 내게 부족함이 없으리로다. 푸른 풀밭에 눕게 하시고 잔잔한 물가로 나를 인도하시네'라는 찬송가다.

나는 요즘 '나는 행복합니다'에 이어 '여호와는 나의 목자시니 내게 부족함이 전혀 없으리로다'를 흥얼거리며 이 찬송가를 입에 달고 산다.

누군가 나에게 무엇이 그렇게 좋으냐고 묻는다면, 2002년 내 나이 예순한 살에 《아직 늦지 않으리》라는 처녀 시집을 '이정순'이라는 본명으로 출간해 시인의 꿈을 이루었으니 좋다고, 또 2015년 지금 일흔넷의 나이에 《사랑이 메아리처럼》이라는 소설을 출간하여 소설가의 꿈을 이루려고 무척 힘쓰고 있는 중이니 좋다고 말하고 싶다.

이번 첫 소설을 쓰면서 '누에의 흔적'이 자꾸만 생각이 난다.

누에는 아주 작은 겨자씨만 한 알에서 까만 눈동자만 보이는 애벌레로 생명을 얻는다. 얼마간 자라서 누에의 형체가 모습을 나타내면 연한 뽕잎 잘게 아삭아삭 썰어 먹기 시작한다.

얼마간이나 먹었을까? 누에는 잠을 잔다. 한참 자다 깬 누에는 손바닥보다 훨씬 더 큰 푸른 뽕잎을 바스락바스락 소나기 오는 소리를 내며 갉아먹고 마지막 배설물을 흔적으로 남긴 채 다섯 번째 잠에 들어간다.

누에는 누렇게 익은 자기의 몸을 한 올 한 올 입으로 실을 뽑아내어 감싼다. 그리고 둥글고 하얀 고치를 만들어 그 안에서 예쁘게 영원한 잠의 세계로 들어간다.

사람들은 누에고치에서 30미터나 되는 실을 뽑아내어 값비싼 실크 실을 만들어낸다. 그리고 주름 잡힌 번데기로 변신한 누에는 사람들의 건강에 좋은 음식으로 만들어진다. 이 얼마나 귀하고 아름다운 삶의 흔적인가!

　글로벌 시대에 발맞추어 백 세를 거뜬히 사는 이 시대에 '이정순'이라는 존재는 티끌보다 못하지만 그러나 한 소박한 여인으로 항상 생각하고 걸으며 또 기도하는 심정으로 이 시대의 아픔을 견뎌내려고 배앓이하고 있다. 여자라면 능히 감당해야 하는 '엄마의 열 달 태교'처럼 훗날 팔십 길목에 설 그 날, 나를 태교하듯 하루하루 내 일기를 모아 자서전을 쓰고 싶다.

　본 첫 소설을 쓰면서 마치 세상을 종이 삼고 몸과 마음을 연필 삼아 주인공 '설송'이 누에의 흔적처럼 영원히 사라지지 않고 세상 사람들에게 예쁜 옷과 같이 삶의 품격이 향상되는 데 계기가 되길 바라는 마음 간절하다.

- 이정순

차례

차례

사랑이
메아리처럼

1막

꽃가마 타고 시집가던 날

하늘은 높고 말은 살찐다는 풍성한 가을.

해 뜨기 전 첫새벽부터 집안은 설렘으로 가득해 보인다. 설 면
장 집 앞마당에는 꽃가마를 꾸미느라 손길들이 매우 분주하다. 새
롭게 펼쳐질 설송의 인생 무대가 시작되는 것이다.

스무 살까지 화장 한 번 해보지 않고 살아온 순백의 새색시지만
어제 했던 화장 자국을 흉내 내며 입술은 앵두처럼 빨갛게 그리고
볼에는 잘 익은 복숭아처럼 연지곤지 찍으며 단장을 한다. 아침 햇
살이 꽃가마 위를 찬란하게 비추고 원삼족두리 곱게 차려입은 설
송은 꽃가마에 올라 대문 밖을 나선다.

송이 큰엄마가 꽃가마 뒤로 따라와 문을 열고 들여다본다.

"정말로 우리 송이 이쁘다이, 어느 나라 공주가 너처럼 이쁠끄
나."

그 순간에 작은엄마가 끼어든다.

"이리 좀 비키시오, 나도 좀 보게."

설송이 이슬 맺힌 눈동자로 작은엄마에게 눈인사를 건네자 예쁜 조카를 독차지하고 애기할 기회를 얻은 작은엄마 목소리가 높아진다.

"동네 사람들이 오늘 네가 시집가면 이제 우리 동네엔 진짜 처녀는 하나도 없다고들 야단이다."

그때 고모가 작은엄마를 밀쳐내며 큰소리로 말한다.

"아따! 좀 비껴보시오. 나도 우리 송이 얼굴 한번 보게. 송이야! 너 울었냐? 울지 마라. 너는 시집가면 잘 살 것이라고 온 동네 사람이 다 이구동성으로 말한다. 그런디 뭣 땜시 우냐?"

"나도 얼마나 복 있는 집에서 너를 데려갈랑고 항상 생각했는디, 운남 고 면장 댁네가 증말로 복이 있긴 있나 보다야. 면장님 딸로 태어나 이웃 마을 면장 댁으로 시집을 가다니. 너처럼 복 많은 신부가 어디 또 있것냐?"

그 순간에 이모가 숨 가쁘게 가마 문을 막아선다.

"이러다가 우리 송이하고 말 한자리도 못 해보고 보내것네. 송아! 우리 송이는 엄니 닮아서 이쁘지, 얌전하지, 말 잘 듣고 착하게 잘 커서 남 주기 아깝다고 느그 엄니 아버지도 항상 말하던 때가 엊그젠데, 네가 시집을 간다니. 너를 볼 적마다 어떤 복 있는 총각이 너를 색시로 데려갈랑고 생각했는디, 현우가 데려가구만. 아무튼 시집가서 잘 살아라이, 우리 송이."

친척들의 벅찬 축하를 받자니 꽃가마 문이 닫힌다. 뚜벅뚜벅 새

신랑이 탄 말발굽 소리 따라 가마가 서서히 움직이기 시작한다. 설송은 마음을 가다듬고 꽃가마 문을 열고 뒤를 돌아본다. 소달구지 하나에 미싱과 이부자리를 싣고, 다른 달구지에는 장롱을 싣고, 혼숫감과 예단을 실은 달구지가 그 뒤를 따른다. 마을 사람들의 모습이 차츰 멀어진다.

송이는 가마 문을 닫고 눈을 감는다. 혼례 날을 받아놓고 하시던 어머니, 아버지 말씀이 귀에 쟁쟁하여 눈시울을 적신다.

"송이야, 시집가면 시부모님한테 잘해야 한다. 며느리 잘 들어왔다는 말 듣고 살아야 한다. 나는 우리 송이를 믿는다. 어려서부터 어미 아비 속 한 번 상하게 한 일 없었고 그렇게 가고 싶어 하는 중학교도 보내달라고 울고불고도 안 혀고, 혼자 한자 공부 영어 공부를 하며 동네에서 얌전하기로 일등 간다는 말만 듣고 살았으니, 시집가서도 잘 살 것이다. 입 가진 사람들은 어떻게 송이 엄니는 딸자식을 그렇게도 잘 키웠냐고 물어보고 그랬어야. 시집가서 네가 못 살면 누가 잘 살겄냐?"

옆에 있던 아버지도 헛기침 한 번 하고는 말씀하신다.

"송이 너 시집가면 시부모님 말씀 잘 듣고, 그 집 귀신 되어야 한다. 만에 하나라도 소박맞고 돌아와서 이 아비 얼굴에 먹칠하는 일은 없도록 해라. 명심, 또 명심해라."

하루에도 몇 차례씩 말씀하시던 어머니, 아버지의 모습이 떠오르자 눈물이 앞을 가린다. 흐르는 눈물을 닦고 꽃가마 문을 다시 열어 먼 하늘을 바라본다.

파란 하늘에는 강아지며 토끼며 양 떼 모양의 구름이 줄지어 떠가고, 길가에 아름답게 피어 있는 빨갛고 노랗고 분홍빛 나는 코스모스와 국화가 산들산들 바람에 실려 가마 안 새색시의 콧날 위까지 날아온다. 논두렁에는 벼이삭들이 황금물결을 이루고, 허수아비는 양팔을 더욱 세차게 흔들며 춤을 춘다. 줄 위에 매달아놓은 깡통은 바람에 짤랑짤랑대며 설송의 시집가는 것을 축하라도 하는 양 '안녕, 안녕' 인사를 하는 듯하다.

설송은 가마 문을 닫고 친정에서 가지고 온 명심보감 책장을 넘기려 하지만 글씨는 눈에 들어오지 않는다. 그저 마당 아래 병풍을 두르고 신랑 일 배, 신부 이 배 하며 술잔이 오가던 어제 풍경들만 눈에 선하다. 조용히 눈을 감자 이구동성으로 송이는 시집가면 잘 살 것이라는 덕담을 해준 사람들의 모습이 떠오르고 이제는 어슴푸레 추억이 되어버린 처녀 시절 생각들이 필름처럼 자꾸 꼬리를 문다.

문득 국민학교 3학년 때 글짓기로 학교 최고상을 받아 박석희 선생님이 시인이 되라고 하던 생각이 떠올라 입을 꽉 다물어도 본다. 그리고 일등 처녀라고, 모범 처녀라고 불러준 사람들 얼굴이 떠오르자 동네에서 일어났던 크고 작은 사건 사고들도 함께 겹쳐 생각난다.

당산에서 있었던 일이 떠오른다.

갓난아이를 버린 용의자를 찾기 위해 순경들이 17세 이상 된 처녀들을 이장 댁으로 모이라고 집집마다 돌아다닐 때 설 면장 딸은 그럴 일이 절대 없으니 안 나와도 된다고 했던 일, 5일 장날 영화가 들어온 다음 날이면 숙자, 영숙, 순자 어머니가 "어제 저녁에 느그 집에서 우리 아가 잠을 자고 갔냐?"고 딸들 근황을 물어보고 "네 에" 하는 대답을 듣고서야 "내가 성가서 죽겠네" 하며 안심하시던 친구 어머니들 모습이 생생하게 떠오른다.

"영화만 들어오면 맨날 너네 집에서 잠을 자고 오니 당최 못 살 것다" 하고 한숨 돌리고 돌아가던 친구 어머니들의 모습이 떠오르 자 피식 웃음이 나온다. 그런 친구들이 어디 한둘이었을까? 지네 엄마들에게 나를 팔아먹은 것이지? 그렇게 연애를 하지 않은 사람 이 없었으니까. 설송은 처녀 시절 행실을 훈장으로 삼고 생각나는 대로 재미있는 추억 꼬리잡기를 계속한다.

작년에는 방앗간집 아들 장철이가 술집 딸과 연애를 하다가 부 모님이 반대를 한다고 자살을 했지. 또 경숙이 언니는 농지기로 오색 이부자리를 솜씨 좋게 꾸며 농 위에 놓았는데, 경숙 아버지 의 큰 각시가 찾아와서 그 이부자리에 똥물을 부어 난장판을 만 들어버리자 그 충격으로 그만 자살을 했지. 그 언니 생각을 하 면 정말 마음이 아프다. 참 얌전하고 참했는데……. 혼자 남은 경 숙 엄마 때문에 아이고 한숨이 나온다. 숙자는 목포 갔다 오는 길 에 만난 사람과 결혼을 하더니 일 년도 못 살고 쫓겨와서 과부가 되고, 영실이도 애기 뺐다고 소문이 나자 어디론가 밤 봇짐을 쌌었 지…….

송이는 꽃가마 속에 다소곳이 앉아서 행복보다는 어깨가 무거워지는 것을 느끼며 시집가서도 일등 며느리라는 말을 들어야겠다는 생각에 주먹을 꼭 움켜쥔다. 그래서 아버지가 어느 날 아침 성경책은 뒷논에다 던져버리고 교회도 못 다니게 하셨고 장날이나 영화가 들어오는 날이면 방문 앞에 지켜 서서 "흐흠, 흐흠!" 큰기침을 하시며 절대로 영화 구경을 못 가게 하셨구나. 이해가 간다. 노심초사 딸 사랑에, 함부로 놀러 다니지 마라, 해 지기 전에는 집으로 돌아와야 한다, 친구를 함부로 사귀지 마라, 술과 담배 그리고 화투는 절대로 배우면 안 된다, 끼니때가 되면 집에 와서 밥 먹어야 한다, 남녀칠세부동석이다 하며 사촌 오빠 성태나 사촌 동생 성진이가 집에 와도 같은 방 안에서 오래 못 있게 큰기침을 하던 모습이 이해가 간다.

그런 아버지의 가르침에 순종 반 포기 반으로, 장날 영화가 들어오는 날에는 한자 공부를 하고 고전도 읽고 농지기도 만들고 살아왔던 일을 생각하면 스스로 생각해도 '참 잘 지냈구나!' 고개가 끄덕여진다.

그래도 송이가 국민학교 2학년쯤 되었을 때 아버지가 선심 쓰듯 외출을 부추겼다.

"송아! 오늘 저녁 밥 먹고 영화 보러 가자. 사람이 실제로 걸어다니고 말도 하는 영화가 들어왔다고 달구지에 마이크를 달고 돌아다닌다니, 어디 한번 가보자."

"아버지! 변사가 설명하지 않고 배우가 직접 말을 한다고요?"

"응. 시카라모사라고 외국 영화인데, 실제로 싸우는 것처럼 칼에서 '쉥! 쉥!' 하고 소리가 난다더라."

저녁을 서둘러 먹고 가설극장 맨 앞자리에 아버지와 어머니 설국 오빠와 나란히 자리를 잡고 앉는다. 영화는 아직 시작하지 않고 아무나 무대 앞에 나와 마이크를 잡고 노래를 부르란다. 육이오 전쟁 때 목포에서 외갓집으로 피난 와 우리 앞집에 살고 있는 욱숙이가 마이크를 잡고 노래를 부르자 사람들이 모두 박수를 친다.

동무들아 나오라 봄맞이 가자.
나물 캐러 바구니 옆에 끼고서
달래 냉이 꽃다지 모두 캐보자
종달이도 봄이라 노래 부른다

도시에서 온 아이라 목소리도 좋고, 노래도 멋있게 잘 부른다며 칭찬이 자자하다. 설송은 샘이 났다. 다음 날 혼자 집을 보다가 '동무들아 나오라' 하고 노래를 불러보는데 소리는 잘 나오지 않고 설송 스스로가 들어도 참 못 한다. 그 후로 설송은 혼자 집을 볼 때마다 창호지로 바른 창문에 입을 대고 '동무들아 나오라 봄맞이 가아자' 틈만 나면 부르고 또 불렀다. 마침내 설송의 목소리는 마이크를 잡고 노래를 부르는 욱숙이보다 더 멋진 목소리로 변했다.

'호호호.'

설송은 옛 생각을 접고 시집을 가고 있는 자신을 생각해본다. 다만 시골로 시집가게 되어서 조금은 아쉬운 마음이다. 태어나기는 시골에서 태어났어도 꼭 도시로 시집가자 생각하며 살았는데, 아쉽지만 그래도 마음을 다잡는다.

'일 년만 더 기다리자. 신랑이 서울에서 중학교 선생님이 될 텐데. 좋은 생각을 해야지. 엄니, 아버지 말씀대로 나는 고씨 가문의 도리를 잘 지키고 한석봉 엄마처럼, 신사임당처럼, 맹모삼천지교 정신으로 아들딸 잘 길러 현모양처가 되어야지. 그리고 계속 한자 공부도 열심히 하고, 책도 많이 읽고, 열심히 해서 작가가 되어 책도 내고, 남편과 수준 맞추면서 멋있는 인생을 행복하게 살아야지. 나는 꼭 내가 꿈꾼 대로 살 거야.'

설송은 스스로 약속을 하다가 스르르 잠이 든다.

2막

❖──◈──❖

첫날밤

며칠 전부터 운남 고영렬 면장 댁에서는 소와 어미 돼지도 잡고, 암탉도 잡고, 아침이 온다고 알려주는 수탉도 잡는다.

쿵덕 쿵! 쿵덕! 떡방아 찧는 소리는 높아만 가고 방바닥은 뜨거워서 발을 디딜 수가 없다. 웬만한 장정보다 큰 항아리에서는 술 내리는 소리가 시냇물 흐르듯 하고 머슴들은 골목까지 제집 마당처럼 깨끗이 쓸고 또 쓴다.

오늘은 고현우가 새신랑이 되어서 색시를 데리고 오는 날이다. 먼동이 떠오르자 광방 안에서 쓱싹쓱싹 고기 써는 소리가 침샘을 자극하고, 양철 지붕 위에 떨어지는 빗소리처럼 피시 피시이시 전부치는 소리가 쏟아지며, 고소한 냄새는 담장을 넘고 동네 어귀까지 피어오른다.

하얀 집 차양 아래로 동네 사람들이 한 명 두 명 모이기 시작하자 신랑의 큰어머니, 작은어머니들은 손길이 더욱 분주하였다.

대문 밖에서 망을 보던 큰 머슴 영기가 큰소리로 마당 쪽을 쳐다보며 외친다.

"와요, 저기 보인다아. 꽃가마가 보인다. 말을 탄 현우 도련님 뒤로 꽃가마가 따라오구만요."

상을 받고 음식을 먹던 손님들이 우르르 대문 밖으로 몰린다.

꽃가마가 멈추고 수모의 팔을 의지한 새색시가 가마에서 조용하게 사뿐히 내려서고, 신랑이 대문 입구에 엎어놓은 바가지를 발로 밟아 깬다. 신랑 신부가 나란히 짚단을 밟고 대문 안으로 들어서자 흰 차양 막 속에 모여 있던 사람들은 서로 새색시를 보려고 가벼운 몸싸움을 한다.

"음매! 무슨 색시가 저렇게 이쁘다냐?"

"어따! 신랑 신부가 참말로 어울리고만이."

"꼭 춘향전에 나왔던 조미령 닮았다야. 신랑은 꼭 신영균 닮고. 참말로 너무 이쁘다."

"둘이 천생연분이구만. 현우는 서울에서 선생 되는 공부만 하는 줄 알았더니 이쁜 각시 얼을 공부도 했는갑다야. 하하하!"

고개를 푹 숙인 새색시도 웃음을 참으며 수모의 팔에 의지해서 방 아랫목에 펼쳐놓은 비단 요 위로 사뿐히 앉는다. 신랑도 새색시 옆으로 앉으면서 다시 한 번 사랑스런 눈으로 쳐다보았다. 현우의 어머니도 새색시가 마음에 흡족한 눈빛이었다.

"서너 시간은 족히 걸렸을 텐데, 우리 새아가 오느라 고생했다. 이제 맘 푹 놓고 쉬어라."

어느덧 해는 소리 없이 제집을 찾아 넘어가고, 신랑 신부의 방 안에는 달빛 물든 백열등 불빛이 잔칫상을 더욱 아늑하게 비춘다.

새신랑 친구들이 한둘씩 자리를 채우고 신랑과 제일 친하다는 우균의 기타 소리가 흥겹게 방 안 분위기를 이끌었다. 사회자 남길 씨가 일어선다.

"아버님 어머님도 귀한 며느리 얻었으니 노래 한 곡조 부르셔야 지요."

"아니, 느그들이나 놀아라. 다 늙은 우리가 노래는 무슨 노래 냐?"

"우리는 어서 나갑시다."

시아버지의 팔을 잡고 나가려는 시어머니를 우균이 붙잡는다.

"아따, 어머님 아버님. 오늘 아니면 언제 이런 자리가 또 있것소 이."

"하나밖에 없는 현우가 이리도 고운 선녀 같은 며느리를 데려왔 는디, 그냥 넘어가실라고요. 노래 한자리는 불러놓고 가셔야재이. 아버님, 제 말이 틀리요?"

"그래, 네 말이 맞다. 여보, 우리 그냥 합창으로 한자리 부르고 갑시다. 하하하하!"

연분홍 치마가 봄바람에 휘날리더라
오늘도 옷고름 씹어가며 뜬구름 넘나드는 성황당 길에
꽃이 피면 같이 웃고 꽃이 지면 함께 울던

알뜰한 그 맹세에 봄날은 간다

박수 소리가 골목길까지 넘쳐흐른다.

"왓따매! 어머님 아버님, 혹시 처녀총각 때 가수했습디요?"

"아서라, 시끄럽다. 하하하하!"

"인제 우리는 갈랑께. 느그들이나 재미있게 놀아라. 우리 이쁜 며느리도 노래 좀 많이 부르라고 해라이."

그때 상객으로 온 신부 아버지와 큰아버지랑 작은아버지가 설 송 친정집으로 돌아간다고 신랑 신부를 불러낸다. 신랑 신부는 인 사를 하고 대문 밖까지 배웅을 한다. 신부는 떠나는 아버지의 뒷모 습을 눈물을 훔치며 쳐다본다. 신랑이 신부의 손을 잡고 방으로 들 어가자마자 사회자가 숟가락을 꽂은 술병을 신랑에게 건넨다.

"이제는 누구 차례인지 알제. 신랑이 노래를 부른답니다. 박수 로 청해 듣것습니다."

박수를 받은 신랑이 벌떡 일어나서 수저를 마이크 삼아 목소리 를 높인다.

나 혼자만이 그대를 사랑하고
나 혼자만이 그대를 갖고 싶소
나 혼자만이 그대를 사랑하고
영원히 영원히 행복하게 살고 싶소

신나게 울리던 우균의 기타가 멈춘다.

"누가 니 색시 뺏어갈까 봐 그러냐? 네 각시 너 혼자 원도 없이 사랑하고 영원히 행복하게 살아라, 짜식!"

"자아, 이제는 오늘의 주인공 신부 차례입니다."

설송의 눈앞에선 파랗고 노란 불이 번쩍, 가슴은 홍두깨 방망이 질로 팔딱팔딱 뛰는데 사회자의 목소리가 차츰 높아진다.

"아니, 왜 이렇게 조용해? 신부 어디 갔어? 신부?"

"신부 노래 소리가 안 들리니, 도리가 없네. 신랑 발바닥을 매우 치시오!"

허공에 매달린 신랑이 "아이고, 나 살려 나 살려" 악을 쓰다 방바닥을 뒹굴고 신부는 겁먹은 목소리로 간신히 입을 뗀다.

"이제 그만 방망이를…… 노래…… 부를게요."

설송은 신랑 발바닥 걱정에 그만 노래를 부르고야 만다.

내 이름은 소녀 샘도 많고요
내 이름은 소녀 꿈도 많지요
거울 앞에 앉아서 물어보면
어제보다 이만큼 예뻐졌다고
내일 모레 되면 엄마 되겠지

"아따! 이 집 식구들은 모두 가수네, 가수."

왁자지껄 박수 소리가 끝없이 이어지고 신랑 친구들의 노래도 한 바퀴 돌았다. 다시 사회자는 새색시를 재촉한다.

"자, 신부님 알지요? 신랑 발바닥에 불나면 큰일잉께, 하하! 하하하!"

설송의 노래가 다시 한 번 이어진다.

한 송이 순정의 꽃 뉘에게 바치리까
마음의 창문을 내 앞에 열어주오
술잔을 높이 들어 청춘을 노래하리
이 밤은 즐거워라 인생은 즐거워라
오 내 사랑 오 내 행복
어떠한 가시밭길에도 행복은 있으리오

새신부의 노랫소리에 달빛도 수줍은 리듬을 탄다. 술에 취하고 새신부의 아름다운 노래에 취한 친구들 걸음이 달빛 속으로 멀어진다.

"현우야, 잘 살아라. 축하한다!"

"더도 덜도 말고 아들딸 열 명만 낳고 잘살아라이. 현우야, 행복하게 잘 살아라."

현우 친구들은 서로 어깨동무를 하며 갈지자 걸음으로 '나도 우리 색시한테 가야지' 하며 헤어진다.

설송은 신방으로 가는 길 마당에 잠깐 서서 휘영청 밝은 달을 쳐다보며 친정 어머니 생각에 눈시울을 붉게 물들인다.

'엄니도 저 달을 쳐다보고 계실까?'

설송이 친정 쪽을 향해 서 있는데 신랑이 살포시 보금자리로 이끈다. 방문을 여는 순간 설송은 깜짝 놀랐다. 동네도 낯설고 처음 들어선 방이라 어색할 줄 알았는데 방 안 공기가 너무나도 익숙하다. 아마도 처녀 시절 숨결이 고스란히 느껴지기 때문인가 보다. 내 님은 과연 누구일까 상상하며 수놓던 이불과 하얀 베갯잇 속에서 활짝 핀 목단꽃과 원앙새들이 웃는 것처럼 보이고, 손수 수놓아 만든 병풍 속 산수화도 설송을 맞이한다. 미리 차려둔 다과상에 마주 앉아 현우가 설송에게 술잔을 권한다.

"자, 내 잔 한잔 받아요."

설송은 수줍게 고개만 젓는다.

"저는 술을 못해요."

"나도 술은 별로 안 좋아해요. 그래도 오늘 밤에는 한잔씩 합시다."

설송은 다시 고개를 젓는다.

"그래도 내가 주는 잔이니까 한 번만 받아요."

설송은 웃으며 술잔을 받아서 그냥 상 위에 놓고 식혜를 한 잔 따라서 들며 수줍게 말을 한다.

"그래요, 우리 결혼을 자축해요. 브라보! 우리 아버지가 오빠한테 술 배우지 마라, 담배 배우지 마라, 화투도 안 된다, 그리고 춤도 배우지 말라고 어찌나 당부하셨는지 나도 모르게 세뇌가 된 것 같아요. 우리 호칭은 어떻게 할까요? 저는 아빠라고 부를게요. 그리고 서로 경어를 써요. 우리 부모님도 지금까지도 경어를 쓰세요."

"그래요. 그렇게 합시다. 우리 부모님도 경어를 쓰시는데, 보기 좋더라고요."

수줍은 새색시가 인생 설계를 한다.

"저…… 아이는요?"

"아들 둘, 딸 하나는 돼야지 않것소. 우리 집안이 손이 귀해서……. 암튼 오늘 하루 종일 고생 많았어요."

새색시의 원삼 족두리가 벗겨지고 전깃불이 꺼지자 창문 밖에서 킥킥거리며 사람들이 웅성거린다. 새신랑은 재빠르게 일어나서 방문 앞에 방패삼아 병풍을 치고 다시 눕는다. 사위는 조용해지고 고요하게 흐르는 달빛만이 교교하게 신혼 방으로 흘러든다.

설송이 댕기머리 곱게 빗어 족두리 쓰고 시집온 지 사흘이 지나고 광주에서 미장원을 하고 있는 작은시누이 영님 아가씨가 새신부에게 어울리는 파마를 해준 덕분에 멋진 신식 신혼부부가 돼서 친정집 신행을 나설 수 있었다.

누구나 결혼을 하면 일심동체로 백년 동안 부귀영화를 누리며 행복하게 살기 위해 목표를 세운다. 설송도 누구와 다를 것 없는 꿈을 꾼다. 그러나 아쉽게도 신랑은 일주일 만에 길을 떠날 채비를 한다. 아침상을 준비하는 연탄불 위에선 새신부의 마음처럼 전골 냄비가 끓고, 생선 굽는 냄새가 시장기를 자극하지만 새색시는 자꾸 눈물만 난다. 방 안 가득 교자상에 둘러앉아 식사가 거의 끝나 가는데 시아버지가 아들을 부른다.

"현우야, 오늘은 서울로 올라가야제."

"네, 아침 먹고 바로 출발하려고요."

현우가 대답하며 설송을 쳐다보자 시어머니와 시누이들의 시선도 한곳으로 모인다. 밥상을 물린 신랑은 신혼 방으로 들어가 큰 대 자로 눕더니 기지개를 쭉 펴며 눈을 감는다. 그리고 방으로 들어오는 설송의 기척에 벌떡 일어나더니 양복 안주머니에서 만년 필을 꺼내 건넨다.

"당신, 오늘 새벽에도 일기를 쓰던데, 앞으로는 이걸로 써요."

설송은 남편 한 번 쳐다보고는 만년필을 받아 일기장에 끼워넣는다.

"일 년만 고생해요. 내년이면 졸업이니까."

남편이 설송의 손을 잡으며 아쉬운 표정으로 말을 한다.

3막

남편의 뒷모습

　시부모와 다른 가족들은 모두 대문 밖까지 나가 서울에 가면 열심히 공부하라고 신신당부를 하며 현우와 이별 인사를 한다. 설송은 골목 끝에 혼자 남아서 계속 뒤돌아보며 느릿하게 걷는 남편의 그림자가 사라질 때까지 옥구슬 맺힌 눈망울로 망부석처럼 서 있다. 한참 후에야 혼자 견뎌내야 할 신혼 방으로 돌아와 남편이 준 만년필로 일기를 쓴다.

　세상을 다 얻은 것 같던 일주일이 꿈처럼 지나가버렸다.

　하늘에 해가 지면 달이 뜨고 달이 지면 별이 있듯 나의 분신 같은 이부자리, 아! 예쁘게 수놓아 만든 베개들아, 방석들아, 병풍아, 미싱아, 이제는 너희들과 함께 새로운 시작을 하자. 1년의 기다림, 사랑의 수를 내 마음에 예쁘게 놓자꾸나.

　당신의 뒷모습까지 잊지 않고 간직해서 내 마음은 씨줄 되고 당신 마음은 날줄 되어 예쁘게 수를 놓으며 당신을 기다립니다.

♥

서울로 돌아온 고현우는 같은 학교에 다니는 강현자를 헐레벌떡 찾아간다. 현자는 돌아온 현우를 반갑게 맞이한다.

"현우 씨, 결혼식은 잘했어요?"

"잘 모르겠어요. 아버지가 결혼을 안 하면 학교를 중단하라고 어찌나 성화신지 식을 올리기는 했는데, 지금도 뭐가 뭔지 정신이 하나도 없어요."

현자의 웃음이 다소 허탈하다.

"그래요. 부모님들은 왜 그러시는지 모르겠어요. 나도 졸업하면 바로 결혼해야 한다고 난리도 아니세요. 그래서 방학이 시작되어도 집에 내려가기 싫어요."

"결혼 날짜까지 잡아놓고 오라시니 안 갈 수가 없더라고요. 그나저나 지금 밤을 새워 공부만 해도 시간이 부족할 텐데 큰일 났어요. 그동안 못한 부분은 현자 씨가 좀 채워줘요."

"그래요. 피곤할 텐데 오늘은 어서 가서 푹 쉬고 내일 학교에서 만나요."

현우는 하숙집으로 돌아와서 책을 챙기는데 결혼식 풍경과 설송과 함께 보낸 시간들만 다시 생생하게 떠오른다. 1년 동안 열심히 해서 교사 발령을 받고 함께 살아가는 날을 꿈꾸며 피로에 지쳐 금방 잠이 든다.

4막

비 내리는 날

갑자기 천지를 진동하듯 우르르 쾅쾅 번쩍번쩍, 캄캄해진 하늘에서 번개비가 쏟아진다.

마루 끝에서 설송은 서울 쪽 하늘 한 번 쳐다보고 친정 쪽 한 번 쳐다보다가 긴 한숨을 쉬면서 식모 아줌마를 부른다.

"대식 엄마! 오늘은 비도 오니까, 아버님 좋아하시는 밀자반 좀 만들고, 보리랑 콩도 좀 볶죠. 아버님이 볶은 보리 좋아하시니까 유리병에 넣어주시고요. 그리고 어머님이 좋아하시는 호박전도 좀 부쳐요. 우리 친정 아버지도 밀자반을 좋아하셨는데 두 어른이 어찌나 똑같으신지. 상추 좋아하시고, 고기도 삶으면 접시에 담지도 못하게 하시고 도마 위에 그대로 놓고 따뜻할 때 큼직하게 썰어 드시는 모습까지 너무나 똑같으세요. 대식 엄마, 나는 바느질감이 좀 많으니 오늘은 혼자 좀 해주세요."

"그래요, 새댁. 혼자 해서 나 혼자 다 먹어버려야지" 하며 함박 웃는다.

설송은 처녀 시절 친정 식구들은 물론 친척들과 이웃의 옷까지 만들어주던 때처럼 곱게 미싱을 밟는다.

"어머님! 이 옷 한번 입어보세요."

"이건 월남치마 아니냐? 지금 나보고 이 월남치마를 입으라고야!"

"네, 어머님 치마 뜯어서 만들었어요."

"아니, 내가 어떻게 젊은 사람들이나 입는 양장을 입어야?"

"어머님, 요즘은 다 이렇게 양장으로 입어요. 이것도 입어보세요. 블라우스예요."

시어머니가 거울 앞에 선다.

"딱 맞긴 하다마는, 좀 이상하지 않으냐?"

"아니에요. 정말 멋있으세요. 십 년은 더 젊게 보이세요. 한복은 활동하기에 거추장스럽고 양장이 간편하고 좋아요. 한번 입어보시면 한복은 입기 싫으실 걸요. 한복은 이제 예복이나 외출복으로 특별한 날에 갖춰 입으시고요. 어머님, 이제는 외출복이든 한복이든 양장이든 제가 다 만들어드릴게요. 그리고 어머님, 손 좀 내보세요."

"왜야? 이것은 또 뭣이냐? 금반지 아니냐?"

"네, 제가 언제 반지를 끼겠어요. 농 속에 놔두면 도둑이나 맞지 싶어서요. 어머님이 손에 끼시면 더 좋겠다고 생각해서 어머님 손가락에 맞게 좀 줄였어요."

"내가 며느리 하나는 참말로 잘 얻었다야. 세상에 지 결혼반지를 시엄마 반지로 만들어줬다는 이야기는 듣도 보도 못했다. 양장에 금반지까지. 야, 늘그막에 이게 웬 호강이냐?"

시어머니가 거울 앞에서 십 년은 더 젊게 보인다며 이리저리 비춰보며 기뻐한다.

"거 보세요. 앞으로 제가 해드리는 양장 입고 멋지게 지내세요."

"오냐, 그럴란다. 정말로 고맙다, 아가야."

그때 대식 엄마가 호박전과 밀자반 그리고 볶은 보리와 콩을 들고 방으로 들어온다.

"대식 엄마도 이 옷 좀 입어봐요?"

"오메! 이것이 내 옷이다요? 딱 맞아요. 어쩌면 이렇게 자로 잰 것처럼 딱 맞다냐? 새댁! 나, 눈물 나오려고 하네. 흐흐 흐흑."

대식 엄마는 웃음 반 눈물 반이다.

"참, 대식 엄마도! 양장 한 벌 가지고 웬 눈물은……."

"새댁, 나도 보는 눈이 있고 마음도 있지. 하지만 내 처지에선 엄두도 못냈제. 정말 고마워요. 세상에 내가 월남치마에 블라우스까지 입게 될 줄 꿈에도 생각 못했는데, 참말로 고맙소. 아니, 근디 이것은 대식이 양복이요?"

"네, 이제 대식이도 도시 아이들처럼 양복바지 만들어줄게요."

시어머니와 대식 엄마가 거울 앞에서 좋아하는 모습을 본 설송도 덩달아 기쁘다.

풍년을 약속하는 비가 내리고 시아버지는 대청에서 보리와 호박전을 드시고 시누이는 방문을 열어놓고 볶은 콩을 먹으며 베갯잇에 수를 놓는다.

"대식 엄마! 밀자반이 잘 퍼져서 보드랍게 됐네요. 호박전도 간이 딱 맞고 맛있어요. 어머님은 아버님이랑 같이 가서 드세요."

"아니, 느그 아버님은 혼자 잡숫는 것을 더 좋아혀야. 난 여기서 어멈이랑 같이 먹고 가서는 옷이나 자랑헐란다."

"대식 엄마! 콩 볶은 것 유리병에다 담아놓으셨죠?"

설송은 시아버지 심심할 때 잡숫게 하려고 챙긴다. 시어머니는 호박전 세 장을 맛있게 들며 얘기를 한다.

"지난 큰집 잔칫날 내가 자주색에 청색 다우다 겹치마 입고 갔을 때도 모두들 부러워하더라. 상리댁은 며느리 잘 얻어 치마도 겹치마로 좋은 옷만 입고 다닌다고."

설송은 그날 밤 일기를 쓴다.

이런들 어떠하리. 저런들 어떠하리.

친정 부모면 어떠하고 시부모면 어떠하리. 한 지붕 아래서 한솥밥 먹고 한울타리 안에서 행복하면 되는 거지. 누구와의 행복이 따로 있을까? 어차피 부모님은 다 똑같은데, 시부모님 사랑에 차츰 친정 부모님 사랑이 희미해진들 어떠하리. 남편 없는 사랑을 시댁 식구와 함께하면 또 다른 행복이 찾아오겠지. 시부모님의 행복이 내 행복인 것을.

내 몸 안에 남편의 씨앗이 씩씩하게 자라고 있으니까.

5막

설송, 엄마 되다

유난히 장마도 길고 폭염도 심했던 여름이 지나고 처서가 가까워지자 강렬한 햇빛도 순해졌다.

귀뚜라미 우는 소리도 들리기 시작하고, 조석으로는 선선한 기운이 돌아 이제는 방문을 닫아야 한다. 아침상을 물린 시어머니가 설송의 남산만 한 배가 아래로 제법 쳐져 있는 것을 보고는 산파를 부르자고 하는데 설송은 부끄러워서 아무 대꾸도 못한 채 미싱 위에 다시 오른다.

그런데 배가 살살 아파온다.

'어떡하지? 산파를 불러달라고 말씀드릴 걸 잘못했나?'

설송이 후회를 하는데 배가 좀 나았다가 다시 또 아프기를 몇 차례 반복하더니 마침내 식은땀이 나고 도저히 더 이상은 참을 수 없도록 산통이 심해진다.

설송은 진통이 올 때마다 배를 움켜쥐고 땀을 뻘뻘 흘리며 태동이 차츰 격해질 때마다 신랑 고현우의 이름과 아기 이름 현세를 부르며 고통을 참아낸다.

설송은 그동안 남편이 그리워질 때면 당장 서울에 한번 올라가서 강현자 머리채라도 끌어당기고 올까 싶기도 했지만, '아니야, 가면 뭐하나! 현세야, 네가 태어나면 엄마랑 살자'라고 혼자 중얼거리며 참았던 생각이 난다.

언젠가는 당장 서울로 쫓아 올라가 강현자네 온 집안 가구를 모두 부숴버리고 올까 하다가 '현세야, 그러면 무슨 소용 있겠냐? 나는 너만 태어나면 된다. 너만 믿고 살 거다'라고 되뇌며 정말 참기 힘든 일 년을 오로지 현세만 믿고 살았었다.

'현세야, 네가 세상 밖으로 태어나 내 품에 안기기만 하면 엄마와 아빠가 헤어질 수밖에 없었던 그동안의 삶을 모두 다 얘기해줄게, 빨리 엄마 품으로 달려와라.'

그동안 매일같이 되뇌던 열 달의 삶이 이제 막바지로 다가오는 순간이다.

진통이 오면 남편 얼굴 떠올리며 으악, 소리 한번 지르고, 또 진통이 시작되면 "으악, 현세야 엄마 죽겠어. 이제 그만 엄마랑 빨리 만나자 응, 현세야!" 하며 소리 지른다. 비몽사몽간의 기진맥진한 설송의 "엄마, 나 죽어요" 하는 찢어지는 비명 소리에 초조하게 밖에서 대기하던 시어머니와 산파가 때마침 달려온다.

"아이고! 내가 이럴 줄 알았지. 부끄러워 말 못 할 줄 알고 내가 미리 산파를 불렀다."

산파는 대식 엄마에게 연탄아궁이 공기통을 열고 준비해둔 큰 대야에 더운 물을 담아오라 하고 배냇저고리와 포대기도 가져오란다.

화급한 시간이 30분 지났을까, 드디어 아이가 태어난다.

산파는 시어머니와 함께 갓난아이 목욕을 시키면서 아비를 꼭 닮은 아들을 낳았다고 기뻐서 어쩔 줄 몰라 한다.

"이놈 고추도 예쁘게 생겼다이. 이 자식 코 좀 보소. 꼭 즈그 아비 닮았구먼요."

"이마하고 뒤통수는 어떻고?"

"꼭 지 아비네!"

"근디, 참 희한하게도 손가락하고 발가락은 지 엄마 닮았네."

아이는 우렁차게 울며 대야를 움켜쥐고는 젖인 양 빨아먹으려 한다.

"어서 네 새끼 젖 물려라. 옛날에는 어미젖을 삼 일만에 물렸는데 요즘은 애기를 낳으면 젖이 막 돌더라. 어서 물려보아라."

설송은 아들 현세 얼굴을 처음으로 마주본다. 고통과 아픔을 다 잊은 채 아들을 팔로 껴안고 젖을 물리니 새록새록 다가오는 행복감이라니! 세상을 다 얻은 듯 기쁨이 방 안에 가득 차오른다. 산파는 얼굴 땀을 닦으며 말한다.

"올해로 내가 산파 생활 십 년째인데 오늘처럼 순산한 일은 처음이네. 산모 성품이 좋아서인지 아기도 순탄하게 잘 낳아서 내가 수훌했구먼. 앞으로 사흘 동안은 내가 와서 갓난이 목욕시켜줄 테니, 물이나 넉넉히 준비해놓소."

산파가 대식 엄마에게 당부를 한다. 그리고 "사흘 후에는 이렛날만 오고 목욕은 칠칠일까지 시켜줄 테니 그렇게 아시우" 하며 갓난아이 얼굴 한 번 쳐다보고 안도의 숨을 내쉬며 돌아간다.

대식 엄마가 첫 국밥으로 끓여온 소고기 미역국을 남김없이 먹는 설송의 모습을 보고 시어머니의 얼굴에 미소가 떠오른다.

"쓰것다. 에미가 밥을 잘 먹어야 젖도 잘 나오고 산모도 애기도 건강하게 잘 크제."

방문 밖에서 서성이던 시아버지가 방에 들어오자 시어머니는 우리 며느리가 착해서 산파 고생도 안 시키고 순산하고, 현우를 똑닮은 잘생긴 손자를 낳았다며 며느리 자랑을 한다. 시어머니는 대식 엄마와 갓난아이를 쳐다보며 연거푸 부탁을 한다.

"대식 어멈, 산모는 하루에 다섯 번씩 소고기 미역국을 먹어야 해. 정신 바짝 차리고 잘 챙겨주어야 하네. 그리고 에미 너도 사십구 일 동안은 밖에 나올 생각일랑 말고 몸조리 잘해야 한다. 그래야 산모도 아이도 건강하제. 찬바람 맞지 말고, 찬물에 손 넣지 말고, 책도 너무 보지 마라, 눈 버린다. 음식도 부드러운 것만 먹어. 딱딱한 것 깨물어 먹으면 이빨 다 상한다. 명심 또 명심해야 한다."

"네, 어머님."

설송은 아이를 품에 안고 내 아들 건강하게 잘 키워 일류대학교 들어가고, 좋은 직장에 취직하고, 현숙한 색시도 만나고…… . 상상의 날개를 펴고 있는데 시아버지가 이름을 지어 왔다.

"어떠냐? 네 맘에 드냐?"

"네, 아버님. 고성철. 부르기도 쉽고 마음에 들어요. 성격도 좋을 것 같네요."

"성철아! 어이구 내 새끼. 네 덕분에 아비가 이대독자를 면했다. 참, 다행이다."

"이제 동생 하나만 더 낳아라. 그래야 이놈이 삼대독자 안 되지."

설송은 비로소 안도의 숨을 쉰다.

'어쩜 저렇게도 기뻐하실까?'

어찌 생각하면 참 어이없기도 하다.

'대 이으라고 학교 다니는 아들을 내려오라고 해서 결혼식을 서두르셨을까? 만약에 내가 딸을 낳았다면……..'

시어머니는 아이가 잠을 자나 깨나 안고만 있느라 방바닥에 눕힌 적이 거의 없다.

"성철아, 너도 네 아비처럼 공부 잘해서 서울대학 가야지. 아이고, 이 자식 봐라. 벙글벙글 웃는 모습도 어쩜 이리 지 아비랑 똑같을꼬, 어느 한구석 안 닮은 데가 없어……."

그때 대식 엄마가 참을 가지고 온다.

"성철 엄마, 어서 일어나 밥 먹어. 나도 한번 안아볼게요. 아기야, 이리 온. 네 이름이 성철이라고? 이름이 참 좋구먼요."

"동네 사람들 이름 다 지어주는 지그 할아버지인데 얼마나 연구해서 지었것는가? 아래 동네 칠남이네 좀 보소. 지그 아버지가 순서대로 첫아들은 큰놈, 둘째 아들은 둘째, 셋째 아들은 삼봉이, 넷

째 아들은 넷째, 다섯째 아들은 오째, 여섯째는 육남이, 일곱째는
칠남이, 여덟째는 팔남이, 아홉째는 딸 하나라고 양님이라고 지어
서 부르니, 어디 쓰것던가! 이름은 자식 잘되기를 바라는 맘으로
복(福)자도 넣고, 오래 살라고 수(壽)자도 넣고 지어야제. 어디 자
식 이름을 낳은 순서대로 큰놈 둘째가 뭐여."

대식 엄마가 성철을 할머니에게 안겨준다.

"성철이는 좋것다. 느그 할머니는 니가 얼마나 이쁜지 기저귀에
싼 똥도 종이로 다 닦아 내놓으신단다. 덕분에 내가 빨래하기가 아
주 솔하다. 고맙다, 성철아."

그날 밤 설송은 육아일기에 아기 이름을 시아버지가 지어온 성
철 대신 현세라고 쓴다.

현세야! 오늘 할아버지께서 네 이름을 지어 오셨다. 방실방실 웃는
모습만큼이나 이름도 예쁘구나. 너는 참 좋겠다. 너도 아빠처럼 공부
잘해서 서울대학을 가야지? 네가 세상에 태어나니 할아버지 할머니
께서 너무 좋아하셔. 이 세상에 둘도 없는 손자라고 좋아하셔서 엄마
가 아빠 생각을 할 엄두도 나지 않는단다. 아빠도 몹시 우리를 생각
할 거야.

그래도 이제 이렇게 날마다 너의 얼굴 보며 함께 얘기하고 살게 되
어 엄마 너무 좋아. 이제 엄마 혼자 받던 할머니 할아버지 사랑 함께

받고 행복하게 살자.

현세야! 네가 성철이로 돌아온 너를 만나니 엄마의 감정이 또 다르구나. 눈에 보이지도 않던 너를 열 달 동안 아빠의 그리움을 대신하여 현세야, 현세야 부르며 살았는데, 이제는 누구도 필요 없어. 너 하나를 얻으니 천하를 다 얻은 기분이다. 엄마 마음 알겠지? 우리 모두 행복하자.

현세야 사랑해 많이많이, 아빠 몫까지 사랑해. 호호호호! 언젠가는 엄마랑 아빠랑 너랑 셋이 한 지붕 밑에서 한솥밥 먹고살 날이 올 거야. 우리 둘이 함께 기도하자. 그 날이 빨리 오기를……

6막

고현우의 삶

설송은 성철이의 돌 사진을 남편에게 보낸 후에 행여나 남편에게서 연락이 올까, 내려오기라도 할까, 하루도 머리에서 지우지 않고 기다린다. 그러나 남편은 5년째 어떤 기별도 없다. 말없이 속만 태우는 설송의 마음을 내려다보기만 하던 시부모는 아들만 생각하면 초조해져 결국 아들을 찾아가기로 한다.

광주에 사는 작은딸의 미장원에서 하룻밤을 보내고 기차와 버스를 번갈아 타며 천리 길 서울을 간다. 그런데 역으로 마중 나온 아들 현우의 표정이 왠지 편해 보이지 않는다.

아들을 따라 대문을 들어서는데 집 안 풍경이 혼자 사는 모양새가 아닌 것이 분명하다. 마당에서는 앞집 산다는 아줌마와 그 아들 태수 그리고 왠지 낯설지 않은 계집아이 둘이 놀고 있다. 현우가 멍하니 헛기침만 하는 부모님께 인사를 시킨다.

"어머니 아버지, 방으로 들어가세요. 여기는 앞집에 사는 태수 엄마예요."

현우는 딸아이 둘을 부른다.

"성은아, 성민아, 인사해라. 할머니 할아버지시다."

"안녕하세요! 고성은입니다."

"저는 성민이에요, 할아버지, 할머니."

"오, 그래. 성은이 몇 살이지?

"다섯 살이에요. 성민인 네 살이구요."

"아, 그래."

앞집 아줌마는 제 아들 손을 끌고 급하게 집으로 돌아가고, 안방으로 들어선 현우의 아버지는 최대한 인자한 목소리로 성은과 성민을 무릎에 앉으라 한다.

그때 부엌에서 나온 여자가 고개를 깊게 숙이고 인사를 받으라며 방석을 꺼내는데 어디선가 본 듯한 얼굴이다. 기억을 더듬어보니 아들 현우가 방학 때 함께 놀러 왔던 친구들 중 같은 학과의 강현자다.

현우의 어머니는 도저히 있을 수 없는 일이라고 자리를 박차고 일어서다가 다리에 힘이 풀려서 그만 주저앉고 만다. 벽에 나란히 걸린 성철의 사진과 두 딸아이 첫돌 사진을 본 것이다.

"도대체 어떻게 된 것이냐?"

"오랫동안 소식이 없어서 무슨 변고가 생긴 거라 짐작하고 오긴 했는데……."

"울지만 말고 어서 말 좀 해봐라."

"우리가 억지로 장가를 보내서 니 맘에 든 사람하고 살림을 차린 거냐?"

"이 엎질러진 물을 어째야 쓴다냐?"

무릎을 꿇은 채 고개를 푹 숙인 강현자는 흐느끼고만 있다.

"죄송합니다. 어머님 아버님, 정말 잘못했습니다. 죄송합니다."

한참이 지난 후에 현우의 어머니가 가슴을 친다.

"아무래도 우리 잘못이 큰갑다. 가문의 뿌리를 이을 손자 얼른 보고 싶은 욕심으로 학교도 다 끝내기 전에 장가를 보내는 것이 아니었는갑다. 벌써 아그도 둘씩이나 되고 성철이 돌 사진 옆에 떡하니 걸어놓은 것을 보니……."

현자는 흐느끼며 겨우 말을 잇는다.

"어머님 아버님, 잘못했습니다. 정말로 죽을죄를 졌습니다. 하지만 성은이 아빠도 성철이 엄마와 함께 살아야 한다는 생각으로 살고 있어요. 저도 같은 마음이구요. 꼭 보내드릴게요. 아버님 어머님, 믿어주세요"

옆에서 현우의 아버지는 담배만 거푸 핀다.

"글쎄다. 그 날이 언제냐? 느그들이 못 배운 사람들도 아니고. 느그 부모님이나 우리나 서울까지 유학을 보낼 때는 얼마나 기대가 컸것냐? 하지만 이제 와 생각해보니 큰사람 만들것다고 서울에 공부시킨 것이 후회뿐이구나."

"두 집이 되어버린 것은 알았어도 딸이 둘씩이나 생긴 것은 상상도 못했다. 사람이 하루 이틀 사는 것도 아니고 사람이 사람답게 살아갈 생각을 하고 살아야지, 어찌 느그들이나 성철이 어멈이나 마음이 편하것냐. 아무튼 생각을 잘해서 빨리 결정을 해라."

"우리는 느그들이 앞으로 어떻게 할지 지켜볼란다. 지금 하늘을 두고 맹세한 말을 철석같이 믿고 한번 지켜볼란다."

자리를 박차고 집으로 내려온 설송의 시부모는 막상 며느리의 얼굴을 보자 더 기가 막힌다. 말문이 막혀 무어라고 며느리에게 설명할 수도 없고 차라리 모른 체 그냥 살아가야 하나 한번 생각 해본다.

"참, 예쁘게 생겼네요. 이름은 뭐래요?"

시아버지가 방으로 들어가고 시어머니가 설송 손을 꽉 잡으며 쓴웃음을 지어 설송의 마음을 위로해준다,

"세상에, 나쁜 놈! 이런 각시를 놔두고, 쯧쯧쯧! 네 말처럼 어쩌 것냐. 운명이다 하고 살아야제."

사진을 가리키며 "세상에, 이 아이가 큰딸 성은이고 옆이 둘째 딸 성민이라고 하더라. 내가 미치겠다" 하신다.

"알았어요. 어머님 심정을 다 알고 있으니 걱정 마시고 우리 더 행복하게 살아요. 언젠가는 돌아와 함께 사는 날이 있겠지요."

설송과 시어머니는 말없이 손을 붙잡고 한참을 서 있다.

"성철이도 학교에서 오면 서울에 여동생이 둘씩이나 있다고 말 해줘야죠! 성철이도 좋아할 것 같아요. 언젠가는 친구들은 동생이

다 있는데 나는 왜 동생이 하나도 없냐고 해서, 다음에 생긴다고 했는데…… 잘됐어요."

설송은 서울 집처럼 대청마루 벽 성철이 돌 사진 옆에 성은과 성민 사진을 나란히 걸어놓는다. 그때 성철이 학교에서 돌아온다.

"성철아! 어서 와, 여기 좀 봐."

"엄마, 무슨 사진이에요?"

"응, 네 동생들이다."

"네?"

"응, 할머니 할아버지가 서울 아빠한테 가서 가져온 거야."

"정말요? 정말 제 동생들이에요?"

"그래. 여기는 성은이라고 큰동생이고, 그 옆은 작은여동생 성민이란다."

성철이는 아무것도 모른 채 어리둥절하면서 말을 한다.

"엄마? 그러면 아빠는 왜 우리 집에서 나랑 살지 않고 서울에서 동생들하고만 살아요?"

설송은 참을 수 없어 눈물을 흘리며 성철에게 말한다.

"아빠가 서울에서 중학교 선생님을 하시니까 못 오신단다. 우리가 서울로 올라가면 돼."

"엄마, 그러면 빨리 우리 서울로 이사 가요."

"아니 지금은 아니고 너 중학교 가게 되면 서울로 이사 갈 거야. 그러니까 우리 그때까지 기다리자."

"엄마, 나 그러면 빨리 초등학교 육학년 졸업하고 중학생 될 거예요" 하며 성철이 껑충껑충 뛴다.

"그래, 하하하! 우리 성철이, 아빠 만나러 간다니까 많이 좋아하
네."

"네, 엄마!"

묵묵히 방 안에서 듣고 있던 시아버지도 대청으로 나오고 시어
머니와 설송 모두 성철을 껴안고 눈물 섞인 웃음으로 답답했던 마
음을 쓸어내린다. 대식 엄마 아빠도 분위기를 맞춘다.

"우리 맛있는 저녁 먹어요. 삼겹살 구워서 상추 쌈 싸서 먹어요."

시어머니가 삼겹살을 상추에 싸서 성철이를 먹인다.

"어머님, 그러지 마시고 식사하세요. 성철이도 이제 혼자서 상추
를 싸먹을 수 있어요."

"아이고, 잘 먹었다."

시아버지가 먼저 식사를 끝내고 일어난다. 대식 엄마가 수박을
쟁반 가득 썰어 온다. 시어머니도 시아버지 곁을 따른다.

"대식 엄마가 알아서 해주니까 우리 집이 편안하게 잘 돌아가
네."

"내일은 날씨도 좋을 것 같으니, 논에나 한 바퀴 돌아보아야겠
네."

시아버지도 가라앉은 목소리로 말을 한다.

나의 숙명!

동안은 이미 모든 것을 파악하고도 남았지만, 그냥 네 운명이거너 생

각하고 살아왔다. 일부러 남편 생각보다는 성철에게 모든 인생을 걸고 살아야겠다는 정신으로 인내했다. 그래서 성철에게 아빠 없다는 상처 주지 않으려고 비밀로 해오다가 오늘 조금이라도 성철에게 알려주고 나니 집 안에 훨씬 따뜻한 사랑이 퍼져가는 걸 느낀다. 온몸이 훈훈해진다.

그래, 받아들이자.

내 운명이니까. 비가 오면 비에 젖고 눈이 오면 눈을 맞아야지. 바람 불면 바람을 맞고, 산이 있으면 산을 넘어야지. 가시밭길이 나온다면 헤쳐 가야지.

앞으로 내가 살아가면서 필요할 단어를 한번 써보자.

'춘향전, 심청전, 맹자엄마, 한석봉엄마, 신사임당……'

좋은 생각으로 멋진 운명을 만들 거야.

설송은 벽에 성철과 나란히 걸어놓은 성은, 성민 사진을 한참 동안 물끄러미 쳐다보며 '그래, 한 가족이다'고 마음을 고쳐먹는다. 친정 부모님 가르침대로 시어른 잘 모시고 내 아들 잘 길러내야지.

하지만 서울에 다녀온 뒤의 시어머니 생각이 궁금해진다.

"어머님, 성은이랑 성민이 애들 예쁘게 생겼습디요?"

"아니, 사진을 봐라! 이쁜지 미운지."

"돌 사진이라 잘 못알아보겠어요."

"큰 것은 꼭 지 아비 닮고 작은 것은 그 원수 닮았더라."

"이쁘것구만요."

"묻지도 말아라. 생각도 하기 싫다."

"어머님 눈에 예쁘게 보이셨나 보구먼요……."

"아니, 이쁘긴 누가 어디가 이뻐야. 꼭 촉새들같이 생겼드라. 난 모르것다. 한 번도 보듬어보지도 안 했응께."

설송은 시어머니 마음을 한번 떠보고는 혼자 속말을 해본다.

'그럼 그렇지. 어머님도 기둥 같은 손자라고 성철이를 얼마나 챙기는데. 역시! 얼마나 나를 사랑해주시고, 예뻐해주시고, 아껴주시는데. 어머님 때문에 내가 살지.'

그런데 참 신기한 일이다. 설송은 서울 다녀온 시부모와의 관계를 더욱 사랑으로 끈끈하게 유지하고 싶은 생각이 든다. 혹 경쟁심인가? 혼자 웃어보며 설송은 가족 모두 나들이 한번 하자고 제안을 한다.

7막

가족 나들이

"어머님! 내일 광주 고모네 가게에 가요. 파마도 좀 하고요."

"뭐야, 내가 파마를 해야?"

"네, 이제 어머님들도 다 파마를 해요."

"네가 하라고 하면 헐란다. 누구 말이라고 안 듣것냐? 그러자. 우리 모두 다 같이 가자. 나는 성철 어멈이 끝으로 메주를 쑨다 혀도, 그렇게 할 각오가 돼 있다."

시아버지, 큰시누이와 대식 엄마까지 모두 집을 나선다.

"오늘 우리 가족 나들이하는 줄 알고 춥지도 덥지도 않고, 바람도 없이 너무나 좋네."

큰시누이도 즐거워한다.

"양복 입은 성철이도 대식이도 꼭 외국 영화에 나오는 미국 아이들 같네요."

성철은 대식 엄마와 큰고모의 양팔을 그네 삼아 뛰며 미장원에 도착한다. 작은고모가 너무 반가워한다.

"아니, 이게 웬일이에요? 공중전화로 전화나 하고들 오시지."

"아이고! 우체국까지 가서 전화하려면 얼마나 불편한데……."

고모가 좋아서 어찌할 줄 몰라 한다.

"그래요. 이제 내년부터 가정집에도 전화가 들어온대요."

"어쩌지? 중국집에서 저녁을 시켜야겠네."

성철이는 짜장면을 주문한다. 고모가 방으로 부모님을 모신다.

"엄마 아빠! 이리로 들어오세요."

시부모는 울면을 먹겠다고 한다. 설송과 대식 엄마는 탕수육을, 고모는 짬뽕을, 각각 좋아하는 대로 시켜서 먹는다.

"많이도 컸네, 우리 성철이. 올해 몇 살이냐?"

"여덟 살이요."

"벌써? 내년이면 우리 성철이도 이학년이 되겠네."

옆에서 시어머니가 성철 자랑을 한다.

"얼마나 똑똑한지 학교 가기 전에 한글도 다 알았단다."

"그래요? 누가 가르쳐주었어? 엄마가?"

설송은 성철의 머리를 쓰다듬으며 입을 연다.

"그냥 혼자 알았어요."

"말도 안 돼. 혼자 어떻게 알아요? 누군가 가르쳐주니까 아는 거겠지."

"정말이에요. 우리가 집 부엌에서 부국연탄을 때는데 하루는 연탄 상표에 붙어 있는 '부' 자를 보고 '엄마, 이 글씨가 부 자예요?' 하는 거예요. 그래 어떻게 아느냐 물었더니 요즘 텔레비전에서 하는 '부부 만세'를 보고 '부' 자를 알았다고 하더라고요. 혼자 책도 읽고 신문도 읽고 동네 간판도 다 읽고 다녀요."

"아이고! 우리 집에서 천재 한 명 났네 그려."

설송은 신이 났다.

"지금도 학급 반장이에요. 아세요?"

작은고모도 기뻐하며 콧노래를 부른다. "좋겠네. 언니는 좋겠네. 아들이 공부 잘해서 정말 좋겠네" 하며 미용사들을 큰소리로 부른다.

"김 양아, 너는 우리 엄마 머리 해드리고, 박 양은 대식 엄마, 언니는 미스 최가 머리 자르고 파마해드려라. 글구 올케 언니는 이리 오세요. 내가 해드릴게요."

"나는 파마 안 해요. 고모가 지난번 신행 갈 때 한 번 해준 뒤로 계속 혼자 자르기만 한 걸요."

"그럼 지금 머리도 언니가 혼자 자른 거예요?"

"내 머리가 곱슬이잖아요. 그냥 자르기만 해도 끝이 말려 들어가서 꼭 파마한 것 같아요. 어때요, 괜찮죠?"

"어머나! 어떻게 혼자 머리를 한대요? 언니가 나보다 기술자네. 미용사인 나도 혼자 못 자르는데. 언니는 도대체 못하는 것이 뭐유? 정말 우리 언니 만물박사라니까! 그리고 보니 우리 성철이가 엄마 곱슬머리를 닮았네!"

"성철아, 너도 공부 잘해서 아빠처럼 선생님 되어라."

"뭐예요? 고모, 나는 우리 성철이 대통령 만들 건데요."

"아이고 그러세요? 언니 아들잉게 언니 맘대로 하세요."

고씨 집안 여인들의 긴 머리들이 산뜻한 파마머리로 변했다.

"어머니, 어떠세요? 머리도 가볍고 기분도 좋으시죠? 머리 감기도 편하고 겨울엔 말리기도 편해요."

"오냐, 네 말이 맞다. 머리가 하나도 없는 것맨치로 가볍다."

좋아하는 가족들 모습에 작은고모도 기분이 좋았는지 구두를 맞춰놓고 가라 한다.

"언니! 정말 고마워요. 미장원을 하는 나도 생각 못 했는데…….
내 눈에도 울 엄마가 십 년은 더 젊게 보이네요. 그치 않아요? 엄마, 언니, 대식 엄마 모두 옆집 양화점에서 구두 맞춰놓고 가세요. 이제부터 우리 식구도 제대로 신식으로 한번 살아보자고요."

설송은 사람 사는 것이 이런 것이구나, 하며 몸과 맘을 서로 부딪치며 광주 나들이하기를 참 잘했다고 생각을 한다.

광주를 다녀온 지 열흘이 지난 점심 때 고모가 양손에 새 구두를 가득 들고 들어온다.

"아버지, 신어보세요."

"참 잘 맞다. 마침 잘됐구나. 지금 신고 있는 구두가 낡아서 새로 하나 맞춰야 하나 싶었는데."

"어머님도 신어보세요. 여기에 핸드백만 들면 배우 같겠어요."

난생처음 구두를 신어본 시어머니가 너무나도 기뻐한다.

"그래야. 내가 며느리를 잘 본 것이 맞다. 완전 신식 할머니가 됐다야."

작은고모가 샘이 났는지 입을 삐죽거린다.

"엄마는······. 내가 파마부터 구두까지 다 맞춰드렸는데 칭찬은 올케 언니만 받네."

"아이고, 따님! 고맙습니다······. 앞으로도 잘 부탁합니다."

대식 엄마는 죽을 때까지 아껴 신을 거라며 구두를 벗어서 두 손으로 받쳐 안고 대청 선반 위에 놓는다. 큰고모는 시집가서 신는 다며 재빨리 방으로 가지고 들어간다. 설송은 가족들이 새 구두를 챙기는 모습을 보면서, 신발장에 가지런히 놓여 있는 가족들의 신을 정리하며 생각에 잠긴다.

'아직은 신을 만해. 검정색, 밤색, 자주색, 하얀색, 네 켤레나 되는데······. 그리고 앞으로 얼마나 구두를 신고 다닐 때가 있으려고?'

점심 밥상에서 작은고모가 시내에 점포를 사겠다며 시아버지께 돈을 부탁하다가 꾸중을 심하게 듣는다. 하지만 설송의 생각은 다르다.

"아버님, 저는 고모가 대단하다고 생각해요. 타지에서 여자가 홀몸으로 삼 년 동안 돈 벌어서 자기 점포를 산다는 게 어디 쉬운 일인가요? 내년에 탈 적금도 있다니, 조금만 도와주시는 것이 어떠세요?"

곁에 잠자코 있던 시어머니가 번갈아 남편과 딸 눈치를 보신다.

"어휴, 시집이나 갈 것이지······."

"그래요. 어머님 시집보낸다손 치고 기분 좋게 도와주세요. 그럼 나중에 시집갈 때는 고모가 알아서 할 걸요. 고모를 믿고 도와주세요."

시아버지가 방문을 박차고 나가더니 한참만에 들어온다.

"어멈아, 내일 영님이랑 같이 가서 찬찬히 좀 살펴보고 와라."

다음 날 설송의 시부모는 대문을 열고 들어선 며느리 표정만 초조하게 살핀다.

"고생 많았지?"

"아뇨, 피곤한 줄도 모르겠는데요. 빨리 말씀드리려고 정신없이 왔어요."

"네가 보기는 어떻던?"

"네, 위치가 정말 좋던데요. 고모가 탐낼 만하더라고요. 거리에 사람도 많이 지나다니고 시장도 가깝고요. 가게도 지금보다 훨씬 커요. 이제부터는 진짜로 돈 벌겠더라고요. 월세만 안 나가도 그게 어디에요? 작은고모 걱정은 이제 잊으셔도 될 것 같아요."

시어머니의 안색이 편안해지고 시아버지도 큰기침을 한다.

"네 맘에 들었으면 됐다. 네 맘에 들면 계약하자. 고생했다. 영님이 말만으로는 어림도 없제. 고생했다. 어서 쉬어라."

8막

큰시누 결혼

큰시누 결혼 날이 점점 다가왔다.

설송은 찹쌀 두 되는 가루로 만들어 사흘 동안 물에 담갔다가 튀밥을 튀겨 산자를 만들고, 참깨 두 되는 껍질을 잘 벗기고 깨끗하게 볶아서 깨강정을 만든다. 약식에 넣을 은행, 잣, 대추도 준비해 두었다. 밤도 실한 걸로 준비해놓고 정과 만들 연뿌리도 물에 담가 놓고, 식혜 만들 엿기름도 햇빛에 잘 말려두었다.

"어머님, 이제 슬슬 잔치 음식 준비를 해야 될 것 같아요."

설송은 큰시누 결혼 날이 다가오자 집안 맏며느리로서 최선을 다하고 싶은 생각에 시부모보다 마음이 더 바빠졌다.

"어머님, 예단 준비는 다 끝냈어요. 큰 이불, 작은 이불, 봄여름 이불 그리고 시부모님 이불 한 채씩 모두 다섯 채 하고요. 베개는 열두 개 했어요. 두 개는 시부모님 몫이고, 큰고모 것은 아홉 개에요. 그리고 베개 한 개는 작은고모 몫으로 남겨두었어요. 또 버선

은 큰고모 한 죽, 예단으로 한 죽하고 가제 손수건도 다섯 죽 마련
했어요."

어느덧 결혼 날짜가 다가와 벌써 함이 들어오는 날이다. 골목
어귀부터 쩌렁쩌렁 함 파는 소리가 동네를 울리고 함진아비와 신
랑 친구들이 한바탕 즐겁게 놀고 돌아간다. 설송의 시어머니는 함
을 열어보고는 깜짝 놀란다.

"어휴! 아니 뭐가 이리도 많다냐? 황금과 백금 목걸이, 반지, 그
리고 팔찌가 각각 한 세트씩이네. 홀어머니가 아들 하나 장가보낸
다고 전답 꽤나 팔았나 보다야. 왕가 혼수 전혀 안 부럽네."

"어머님, 우리도 할 만큼은 했어요. 예단은 친척 아홉 분들 모두
비로드와 진양단으로 하고, 시어머님 몫으로 칠첩 반상기에 은수
저까지 했으니 유행에 뒤처지지도 않고 충분해요. 책잡히지 않을
거예요."

설송은 큰고모 방으로 들어가서 계란 마사지를 해준다.

"고모, 여기 누워요. 내일 신부 예쁘다고 야단나겠네. 시집 한번
가려면 얼마나 힘든 줄 알아요? 배는 또 얼마나 고픈데. 오늘은 푹
자고 내일 아침도 든든히 먹고 단단히 준비해야 해요."

세월의 변화 속에 무안에도 현대식 예식장이 생겼다. 행복 예식
장 입구에는 신랑 최복석 신부 고영숙 이름이 백년해로하며 행복
하게 살자는 깃발처럼 펄럭인다. 면장 댁 결혼식인 까닭에 시골에

서 올리는 예식답지 않게 까만 정장을 입은 신사들이 예식장 밖까지 줄을 선다. 성철도 가슴에 손수건을 달고 가족사진을 찍는다.

시집간 지 사흘 만에 신행을 와서 시댁으로 돌아가는 영숙의 얼굴은 행복함이 역력하다.

"영숙아, 잘 살아라!"

"최 서방. 우리 숙이 잘 봐주게. 아무것도 할 줄 모르니 그저 감싸주고 잘 살아야 허네."

"네, 엄마 아부지! 잘 살게요."

큰시누가 설송 손을 잡는다.

"언니, 시댁에서 혼수 잘해왔다는 칭찬을 들었어요. 나 시집보내느라 정말 고생 많이 했어요. 사람들이 다 올케 언니 칭찬을 합디다. 부모님은 늙으시고 아무래도 올케 언니가 너무 힘들었겠다며 시어머님도 칭찬하시드라고요."

"그랬어요? 다행이네요. 못했다 말을 들었으면 고모도 나도 더 초라해질 텐데, 칭찬을 들었다니 정말 다행이네요."

설송은 마음이 흐뭇하였다. 오빠 없는 괄시를 받을까, 행여나 남편 없는 나도 초라하게 괄시받지 않을까 신경을 썼지만 그래도 자존심은 죽이지 않았나 싶어 행복한 미소가 흐른다.

아침 밥상을 물리고 이제 영숙과 부부가 된 복석이 덕담을 받고는 장모, 장인에게 큰절로 이별을 고한다.

그때 대문이 쾅쾅, 부서져라 흔들리는 소리가 나고, 대식 아빠가 대문을 여는데 장정 둘이 집안을 후다닥 들어와 두리번거린다.

"뉘신지?"

"여기 최복석 씨 계십니까?"

방 안에 있던 복석이 아무 말 없이 나온다.

"최복석 씨 맞죠?"

고개를 숙인 새신랑 손목에 철컹 쇠고랑이 채워진다.

"잠깐 지서까지 같이 가시죠."

시아버지는 순경의 손목을 붙잡는데, 복석은 아무런 대꾸도 없이 순경의 손에 끌려 나간다.

"아이고! 이게 무슨……?"

"말 좀 해보시요? 먼 일인지?"

벌벌 떨고 있는 영숙을 방으로 데리고 들어가는 설송의 등 뒤로 동네 사람들이 작은 소리로 웅성거린다. 순경을 따라나갔던 시아버지가 들어오더니 그만 대청마루에 털썩 주저앉는다. 그 뒤로 한참 만에 느릿느릿 방으로 들어가는 것을 보고는 설송이 물을 들고 들어간다.

"아버님 어머님, 진정하시고 물 좀……."

"천천히 드세요."

시어머니의 마른 입술이 파르르 떨린다.

"원 세상에! 사람을 죽였단다. 지난 장날 운남 들어오는 막차 버스 기사를 죽였단……다."

"돈을 빼앗아, 그 돈으로 장가……."

"아이고, 아이고! 이 일을 어쩔끄나, 우리 영숙이……."

"어쩐지, 함이 너무 넘친다 했다. 맘이 편치 않더라."

"사람이 분수에 맞게 살아야제. 세상에 사람 죽이고 그 돈으로 장가든 사람이 어디 있대야? 짐승만도 못한 놈."

"아이고! 이제 어떻게 낯을 들고 살끄나?"

시아버지는 모로 누운 채 미동도 없다. 설송은 급히 영숙이 들어간 방으로 간다.

"고모, 정신 차려요. 고모가 이렇게 있으면 어머님 아버님이 마음이 더 아프고 힘드세요. 억지로라도 힘 좀 내봐요."

설송은 너무 속상하다. 있는 성의 없는 성의를 다해 정성껏 준비했는데……. 큰고모가 행복하게 시집으로 떠나서 잘 살았으면 얼마나 좋을까 염원했는데, 아무래도 내 운명 때문인가 싶은 생각에 세상이 원망스럽고 좌절감이 든다. 나는 왜 이리도 복이 없을까 생각하다 기도로 용기를 내어본다.

"하나님 아버지! 이럴 땐 어찌해야 합니까? 지혜를 주시옵소서. 성철이 아빠 만나서 새로운 세상을 만들어야만 합니다. 한 번 왔다가는 인생인데 도저히 이렇게 주저앉을 수 없습니다. 하나님 아버지, 불쌍한 저에게 우리 가정을 다시 일으킬 힘을 주세요. 우리 가정을 옳은 길로 인도해주세요. 어머님 아버님에게 새로운 힘을 주시고 큰고모에게도 새 희망을 주시옵소서. 하나님 아버지, 제발 이 못나고 어리석은 죄인 용서해주시고 불쌍한 이 죄인의 기도를 들어주시면 감사하겠습니다……."

설송은 정신을 차리고 대식 엄마와 저녁 준비를 한다. 그리고 시부모에게 식사를 청하는데 도무지 기척이 없다.

방문을 열어보는데 등골이 서늘하였다. 두 분이 나란히 숨을 거둔 것이다. 설송은 정신없이 허겁지겁 동네 사람들의 도움으로 장례를 치르고 선산에 쌍묘를 만들어 안장했다.

고현우는 사흘 동안 상주 자리만 지키고 스쳐가는 바람처럼 말한마디 없이 서울로 올라가버렸다. 참 무어라 할 말이 있겠는가. 이것이 인생인 것을. 이해는 하지만 설송은 결코 쓰러지지 않고, 미치지 않고, 죽지 않고 살아 남아 있는 것이 기적이요 마치 꿈만 같다.

이것이 인생이구나.

일 년만 기다리라던 남편은 그렇게도 흔적도 없더니……. 그래도 혼자 내려와서 부모님을 하늘나라로 보내 드리고, 다시 바람처럼 그림자처럼 스쳐 지나가는구나.

시집가면 잘 살 거라고 덕담한 친지들은 누구였나?

땅 속으로 들어간 죽은 사람보다 숨 쉬고 살아 있는 내가 더 나은 건 무엇일까?

고씨 가문 귀신 되라는 친정 부모님 말씀 지키려고 남편 원망 않고 성철이 크는 모습 보면서 시부모님 사랑 듬뿍 받으며 남편 없는 허전함도 이겨내며, 그래도 이게 행복이다 느끼려 하루하루 부지런을 떨며 살아왔는데, 이제는 누구를 믿고 의지하며 살아야만 하는가?

복 없는 사람이 되어버린 나는 이제 어떻게 살아가야 한단 말인가?

이것이 인생인 것을!

그래도 일기장아! 고맙다. 네가 없었다면 어떻게 살았겠느냐? 너에게 불타는 내 속말을 하면 내가 좀 살 것 같구나. 그래, 하늘이 무너져도 솟아날 구멍이 있다 했지? 죽지 않으면 살아지겠지? 그래, 너랑 나랑 살아보자. 어디 한번 잘 살아보자꾸나. 일기장아, 너만이 나의 유일한 벗이구나. 그래, 우리 힘내자꾸나.

하루를 보내고 밤에 너를 만날 생각에 무서움도 쓸쓸함도 허전함도 다 녹아버린다. 일기장아! 너와 이야기하며 살 거야. 나에게 좋은 길잡이가 되어주렴. 너는 나의 분신이요 희망이요 전부란다.

일기장 없는 세상은 살 수가 없다.

9막

❧━◦━◦━◦━❧

추억

"학교 다녀왔습니다!"

성철이 하교 후 중학생 모자를 벗어들며 인사를 하자, 설송은 오늘따라 옛날 시부모와 살았던 추억이 아련하게 떠오른다. 대식 엄마는 다리미질 하다 말고, 설송은 발로 돌리던 미싱을 멈추고, 성철을 반긴다. 시부모가 살아 있다면 중학생이 된 성철의 모습을 보고 맨발로 뛰어나가 반갑게 맞았을 장면이 떠오른다.

"내 새끼 많이 컸네. 얼마나 배고프냐. 고구마 먹어라. 옥수수 먹어라."

오늘따라 할머니 할아버지도 없는 성철이 쓸쓸하고 초라하게 느껴져 긴 한숨이 나온다.

"성철아, 어서 씻고 옥수수 먹고 숙제해라."

"네, 엄마!"

"오늘 공부 재밌게 했어?"

설송은 오늘따라 추억에 젖은 감정으로 대식 엄마를 부른다.

"대식 엄마, 사람이 산다는 건 무엇이고 죽는다는 건 무엇일까요? 시어른들 돌아가셨을 때 나도 금방 죽을 것만 같았는데 벌써 칠 년이나 지났네요. 요즘에는 어떡하면 우리 성철이 잘 가르칠 수 있을까 하는 생각으로 저녁에 잠이 오질 않아요. 서울로 이사를 가려고 생각하는데, 대식 엄마 생각은 어때요?"

"성철이 엄마 알아서 해요."

"내가 성철이에게 중학교 들어가면 서울로 이사 간다고 약속도 했는데 그게 잊히지 않으니 맘이 좋지 않아요."

"성철이 엄마가 대단한 거죠. 다른 사람 같으면 지난번에 성철이 할머니 할아버지 세상 뜨셨을 때 가만히 못 있었을 거예요. 성철이 아빠 왔을 때도 군소리 없이 그냥 보냈잖아요."

"그럼 어쩌겠소. 쏟아진 물을 다시 담을 수도 없고……."

둘이 함께 한숨만 나온다. 그러나 곧 설송은 이를 악물고 야망을 가져본다.

토요일이다. 이른 아침 설송은 하나뿐인 오빠 설국과 상의하기 위해 서울에 올라갔다. 동생의 전화를 받고 역으로 마중 나온 설국 부부와 전철을 타고 오빠의 집인 서교동으로 갔다. 이제 막 유행하기 시작한 양옥집들이 들어선 동네 풍경을 보자 설송은 아들을 생각해서라도 서울로 이사를 오고 싶다는 마음에 확신이 선다.

다음 주일날, 설송은 설국 부부, 부동산 중개인과 하루 종일 돌아다녀 보아도 마음에 드는 집을 발견하지 못하고 지친 몸을 이끌고 집에 오자마자 쓰러져 잠자리에 든다.

높은 곳은 학교 다니기가 너무 힘들 것 같고, 낮은 곳은 장마철에 위험할 것 같고, 골목 끝 집은 저녁이 되면 마음이 편치 못할 것 같고, 시장 가깝고 교통편 좋은 곳은 가격이 너무 비싸고, 오빠네 집만 같으면 딱 좋겠는데……. 너무 꼬불꼬불한 골목도 아니고, 큰 신작로도 아닌 집을 찾아 내일 혼자 한 번만 더 돌아보자.

눈을 감지만 발품을 팔며 돌아보던 집들을 이것저것 비교하느라 머릿속만 어지럽다.

'그렇다고 오빠에게 작은방 하나 내어달라고 말할 수도 없지.'

설송은 갖가지 생각만 꼬리를 물다가 하얗게 밤을 새고 말았다.

아침 밥상에서 동생을 보는 설국의 목소리가 무겁다.

"송아, 정말로 오늘 한 번 더 돌아다녀볼 거야?"

"오빠, 나 실은 어제 밤새 생각하던 끝에 한 가지 생각이 떠올랐는데요."

"응, 무슨 생각?"

"오빠, 오빠네 앞마당에다 우리 고향집 본채 하나를 뜯어다 옮겨 짓고 살면 어떨까 하는……."

말하는 설송의 목구멍이 뜨겁다. 그때 다행히 올케가 먼저 마음을 연다.

"고모! 어떻게 그런 생각을 다 했어요? 그렇지 않아도 오빠는 고모가 생과부처럼 산다고 항상 속상해하는데, 그렇게 해요. 서로 한 집에서 함께 살면 좋겠네요. 오빠 걱정도 줄고요."

"아니, 너는 참말로 묘한 생각도 다했구나."

"잠은 안 오고 이런저런 생각을 하던 끝에 그러면 어떨까 하는 생각이 들더라고요."

"그런데 마당이 작지 않을까?"

"작지 않아요. 내가 머릿속으로 마당 크기에 맞게 대충 설계도 해보았거든요."

"매우 어려운 일이긴 하지만 네가 원한다면 그렇게 하기로 하자. 내려가서 집을 해체하는 대로 준비해서 전화하고 올라와라."

설송은 서둘러 집으로 내려가는 열차에 몸을 실었다. 열차 속에서 바라보는 창밖 풍경들이 상경할 때와는 사뭇 다르다. 죽은 듯 서 있던 나무들도 씽씽 활기차게 지나가고 있었다.

이제 서울에 살면 성철이 명문학교 보내서 큰사람 만들고, 나도 작가의 꿈을 이루고, 그리고 남편도 찾자!

설송은 집에 도착해서 대식 부부와 의논을 하고 집을 뜯을 인부들을 모아서 곧바로 본채 해체에 들어간다. 성철이가 다니는 학교에 가서 전학 수속을 밟자 교장선생님까지 서운해한다.

"성철이가 큰물에 가서 공부하는 것을 막을 수는 없지만 공부 잘하는 우수한 아이들 모두 서울로 전학을 가면 우리 학교는 참말로 큰 손실입니다. 이거 서운해서 어떡합니까?"

"교장선생님, 죄송하네요. 서울로 이사를 가게 되어서……."

설송은 목에 힘이 들어간다.

그래. 국민학교 입학하던 첫날부터 성철이가 반장감이라고, 애가 똑똑하다고 부러워했지. 기대를 저버리지 않고 6년 동안 계속 반장을 하고, 중학교 2년 동안에도 전교 1등자리 한 번 놓치지 않았지. 국민학교 가정통신란에는 공부 잘하고 우수하며 책임감이 강하고 타의 모범이 되니 가정에서 칭찬을 많이 해달라고 쓰여 있었지. 4학년 때 김정란 담임선생님은 앞으로 서울법대에 갈 것이라고 하셨는데…….

이사 가서 서울에서 명문 대학생으로 키울 생각에 불끈 기운이 차고 힘이 솟는다. 대식 부부가 설송보다 더 즐거워하며 흥이 나서 힘든 줄도 모르고 빠른 속도로 집을 잘도 허물어놓는다.

막상 집을 뜯어놓으니 마당에 산더미처럼 여기저기 쌓여 있는 헌집 자재들이 마치 설송의 머릿속처럼 어지럽다. 간단하게 음식을 준비해서 대식이네와 성철과 모두 산소에 가서 기도를 한다.

"어머님 아버님! 저희 서울로 이사를 가려고 본채 하나를 뜯었습니다. 뜯어놓은 자재 그대로 가져가서 서울 오빠네 마당에 집을 지으려고 합니다. 어머님 아버님, 제가 집을 뜯은 일이 잘한 일이지요? 도와주십시오. 막상 집을 뜯어놓으니 무섭습니다. 어머님 아버님, 제가 하는 일이면 팥으로 메주를 쑨다 해도 제 뜻을 따르겠다던 말씀이 제게 지금 간절히 필요합니다. 아무 탈 없이 무사히 집을 잘 지어서 고향 떠나서도 어머님 아버님 숨결을 느끼며 생활하겠습니다. 그동안 숙명처럼 살아왔지만, 이제 서울에 가서는 성철이 아빠 꼭 만나서 모범적인 가정을 만들고 현숙한 아내가 되고, 엄마가 되게 도와주세요. 어머님 아버님, 꼭 우리 성철이가 반듯하고 훌륭한 사람 되어 금의환향할 수 있게 도와주시기 바랍니다. 어머님! 제가 어머님 떠나신 후 일기에 가슴이 찢어질 듯 아파서 내게는 왜 좋지 않은 일만 그렇게도 생겼을까 하고 고백했어요. 어머님 아버님이 저를 친자식보다도 더 사랑해주셨는데 함께 가지 못해 죄송해요. 그냥 성철이만 데리고 가기에 너무나 마음 아파서 저의 분신 같은 일기장을 어머님께 바치는 심정으로 어머님 곁에 불살라 묻고 떠나겠습니다. 그리고 저는 어머님 아버님의 못 다한 사랑의 혼신이 담긴 본채를 뜯어 함께 떠나려 합니다. 어머님 아버님! 저의 혼신이 담긴 일기장과 함께 잘 계시기 바랍니다. 제가 성철이 아빠 만나서 꼭 돌아올 때까지 기다려주십시오."

설송은 결혼 후부터 써왔던 일기장 열다섯 권을 기도하는 마음으로 불사르는데 뜨거운 눈물이 멈추지 않는다. 고씨 가문에 들어와 아픈 마음도, 기억하고 싶지 않은 추억도, 한없는 눈물도 모두 조상 앞에서 깨끗이 불사르고 새까맣게 타버린 추억 대신 새로운 야망을 가득 채워 돌아온다.

10막

뿌리내림

   서울로 이사 가려고 뜯어놓은 자재를 트럭에 실으니 상량목이 한 차요, 주춧돌과 댓돌, 기둥이 두 차다. 서까래가 세 차요, 문틀과 문짝이 네 차에, 기왓장이 다섯 차다. 대문 틀과 대문이 두 차요, 그 외에도 잡동사니가 한 차에 세간 살림이 두 차다. 모두 합쳐 차 스무 대가 큰길까지 연달아 서 있는 풍경이 장관이었다. 여러 화물 회사에서 온 트럭들로 색깔이 가지각색이며, 마침 동네 사람들은 간식거리를 들고 나와서 성철의 손에 들려주었다.

   "가다가 먹어라. 이건 인절미고 저건 약밥이다."

   설송 손에도 한가득하였다.

   "서울까지 가는 길이 좀 멀어요? 배고프면 고구마, 옥수수 나눠 먹으면서 가요."

   "대식 엄마도 잘 다녀와요. 성철 엄마 많이 위로해줘요. 저건 보리개떡이고 이건 쑥개떡이오."

"대식 아빠도 고생하시오, 목마르면 먹어요. 단술과 식혜요."

"고마워요. 잘 먹을게요. 감사합니다."

동네 사람들의 마음을 손에 받아들고 맨 앞차는 남편 친구 우균이와 성철이가 기사 옆 조수석에 올라타고, 그 뒤차에는 설송 친구 황의자와 청월이 타고, 세 번째 차에는 대식이 부부가 함께 서울로 향한다. 이웃 사람들은 모두 한마디씩 하며 멀어져가는 트럭 꼬리를 바라본다.

"참, 사람 팔자 모른다더니, 성철이 엄마 팔자가 이럴 거라고 누가 짐작이나 했겠어. 쯧쯧!"

"성철이 할머니 할아버지는 우리 며느리, 우리 며느리 하시며 며느리 잘 얻었다고 좋아하시더니만, 쯧쯧쯧!"

"성철 엄마는 꼭 성공할 거야. 얼마나 심지가 굳은 사람이여. 여태껏 좋다 싫다 말 한자리 없이 제 할 일만 묵묵히 다 해내는 사람 아니여?"

"집을 뜯어서 이사 갈 생각을 어떻게 했다냐? 보통 사람은 아니여…… 꼭 잘돼서 올 거여. 암!"

"성철이 작은엄마도 성철이 아빠랑 같은 중학교 교사라고 했제?"

"같이 대학 다니고 같은 학교로 발령받아 함께 다니다가 그렇게 되었담서? 그래도 성철 엄마는 한 번도 안 찾아가고 그냥 산 사람 아니여?"

"결국 집을 뜯어 서울까지 갈 때는 성철 아빠 만날 생각을 했겠

제……."

"그래. 잘돼서 꼭 다시 올 거여."

골목에 배웅 나온 사람들은 설송이 잘되어 돌아오기를 간절히
염원하였다.

설송에게 온다는 전화를 받고 해가 다 떨어져가는 어스름녘에
설국은 마당 청소를 하고 육개장을 데우고 또 데우며 아무리 대문
밖을 내다봐도 이사 행렬이 보이지 않아 애간장이 녹는다. 하루를
넘기고 새로 세 시가 지나서야 설송의 이삿짐이 도착한다.

"저기 줄줄이 보이는 자동차 불빛이……."

부인의 탄성에 설국의 눈이 번쩍 뜨인다.

"어서 오너라. 네가 성철이구나. 어찌 이리 아빠를 똑 닮았누!"

"네, 외삼촌 안녕하세요?"

"피곤하고 배고프시죠? 어서 들어오세요."

"아녜요. 오빠 언니, 동네 분들이 어찌나 음식을 많이 싸주셨는
지 두 번씩이나 쉬면서 먹고 와서, 전혀 배고픈 줄 모르겠네요."

"그래도 뜨끈한 국물에 말아서 밥 한술씩들 드세요."

올케가 마당에다 멍석을 펴고 부리나케 육개장을 퍼주자 삼십
여 명이 밥을 먹고, 여기저기서 코를 골며 쪽잠을 잔다.

날이 밝아오자 지난번에 설송이 다녀간 후 설국이 미리 물색해
놓은 인부들이 모이더니 모두들 놀란다.

"여기 상량목 좀 봐요. 앞으로도 백년은 족히 가것네. 큰 부잣집이었나 보네. 정말 좋다."

"여기 기둥은 어떻고, 둘로 가르고도 남겠네. 여기 기왓장도 진짜 두껍고 좋다. 집 다 지어놓으면 동네 전체가 다 훤하겠구먼."

"정말 멋있는 한옥 한 채가 탄생하겠구먼."

인부들이 좋아라 하며 서로 한마디씩 한다.

"뭐니 뭐니 해도 사람 사는 집은 한옥이 최고여! 더구나 한국 사람은 한옥에서 살아야 정서에도 맞고 그래야. 명절에 한복을 입어야 잘 어울리는 것과 같은 이유지. 전라도에서 여기까지 온 만큼 우리도 힘을 합하여 정성껏 아름답게 집을 한번 잘 지어봅시다."

인부들의 주고받는 소리를 듣고 설송은 더욱 용기가 생긴다. 집을 뜯어 오기를 참 잘했다는 생각이 머리를 스친다.

짐을 다 부리니 정오가 훌쩍 지났다. 돌아가려는 고향 사람들의 발걸음은 무겁기만 하다. 송이가 시집와서 시부모를 잃은 후에는 더욱 자매처럼 의지하며 지낸 대식이네는 앞으로 양식 걱정은 하지 말라며 서로 부둥켜안고 한참 울었다.

"성철 엄마, 집 다 지으면 꼭 전화해. 만사 제쳐두고 구경 올 텐께!"

먼 길을 마다하지 않고 고향에서 함께 와준 동네 친구들도 눈물을 감추면서 차에 오른다.

"모두들 고마워, 건강하게 잘 살아. 그리고 성공해서 꼭 다시 만나자. 집 다 짓고 연락할게."

설송은 정들었던 고향 사람들의 뒷모습이 사라질 때까지 뿌리에서 잘려 나온 허전한 마음으로 한참을 서 있었다. 새로운 시작이라는 마음으로 용기를 내어보며 마당으로 들어간다.

설송은 다음 날 환일중학교를 찾아가 성철의 전학 수속을 마치고, 집으로 돌아오는 도중 생소한 간판들이 눈에 들어왔다. 서울양복점, 서울미장원, 서울전당포 등 서울이라는 이름들이 아직은 낯설어만 보였다. 하루라도 빨리 정을 붙이고 당당하게 살 수 있는 방법을 생각하다가 서울을 한눈에 품을 수 있는 남산에 다녀오고 싶다는 생각을 한다.

"오빠! 오늘은 성철이랑 새 학교에 가기 전에 남산에 한번 갔다 오려고요. 어떻게 가죠?"

"그래라. 좋은 생각이다. 서울역에서 내려서 남대문 시장 쪽으로 걸어가다 보면 남산이 보일 거다."

성철도 좋아라 하면서 따라나선다. 계단이 너무 많아서 팔각정에서 쉬었다 내려가기로 한다. 주변을 둘러보며 안중근 의사 동상 앞에서 발걸음을 멈추고 성철에게 소리 내서 읽게 한다.

"하루라도 글을 읽지 않으면 입에서 가시가 돋는다."

"성철아! 새로운 학교에서 친구들이 극장이든 빵집이든 가자고 해도 절대로 따라가면 안 된다. 너는 학교랑 집만 다녀야 한다. 공부 잘해서 넌 꼭 공무원이 되는 거다. 공부 못하면 대학교도 못 가고 좋은 곳에 취직도 할 수 없단다. 연탄 배달이나 변소나 푸러 다녀야 돼. 내가 뭣 때문에 서울까지 왔겠냐? 다, 너 큰사람 만들려고 한 것이라는 것 잊지 마라."

"네, 알아요. 엄마! 열심히 할게요. 엄마는 내가 나쁜 친구 만날까 봐 걱정되세요? 걱정 마세요. 저도 다 사람 볼 줄 알아요."

"그럼! 우리 성철이가 누구라고 사람 볼 줄 모르겠니? 지금처럼만 커다오. 엄마는 믿는다."

"엄마! 여기선 서울 시내가 다 보여요."

설송은 남산타워 정상에서 서울 시내를 구경하는 옆 사람들의 말에도 귀 기울여본다.

"저기가 북한산이래. 저기 서울역이 보인다."

설송과 성철이 구경하는 사람들의 손짓 하나 눈짓 하나하나 함께 살펴본다. 앞으로 살아갈 밑그림을 그리며 계단 하나하나를 내려오는 설송의 발걸음이 가볍다.

"성철아, 힘들었지? 계단이 너무 많아서 중간쯤에서 그냥 돌아설까 하다가 참고 올라갔더니 내려갈 때는 참 좋다."

"네, 그러네요. 처음 올라갈 때와는 느낌이 확 다르네요. 우리도 서울 사람 같아요."

"그치? 오기를 잘했어. 이제 우리도 서울 사람 되었으니 당당하게 사는 거야. 서울 사람이라고 처음부터 서울에서 태어난 사람이 얼마나 있겠어?"

설송은 기죽지 않고 서울에서 새롭게 출발하려고 성철과 남산에 가서 봉화대도 구경하고 또 서울 시내를 한 눈에 내려다보고 오니 서울 사람이 다 된 기분이었다. 그런데 한 가지 걱정이 앞섰다.

성철이 중학생이 되면 서울에 가서 아빠를 만난다는 약속을 잊지 않고 있을 텐데……. 서울로 이사 가면 아파트에서 살 거라 했던 말도 잊지 않고 있을 텐데, 어떻게 하지?

미안하고 안타까운 생각뿐이다. 하지만 설송은 다시 한 번 자신에게 자신의 사전에 절망은 없다고, 사노라면 꿈이 이루어지는 날이 올 거라고, 시작이 반이라고 되뇌어본다.

11막

꿈

현우의 창가에도 아침이 밝았다. 현우는 잠에서 깨어나 눈을 감고 멍하니 어젯밤 꾸었던 꿈을 생각한다.

'분명히 설송과 성철이었어. 어디인지 몰라도 이사를 한다고 마당에 짐이 잔뜩 있었어. 왜? 이런 꿈을 다 꾸지?'

그때 강현자가 들어와서 말을 건넨다.

"당신 나오지 않고 무슨 생각을 그렇게 하세요?"

"응, 꿈이 이상해서."

"무슨 꿈인데요?"

"아니, 꼭 이사한 것처럼 마당이 어수선해서……."

강현자가 깜짝 놀란다.

"저도 이사 가서 성은이 성민이 방 꾸미는 꿈을 꾸었는데요. 참 신기하네요. 어서 아침 식사해요."

아침상에 둘러앉아 강현자가 말을 한다.

"성은아, 이제 중학생도 되었으니 너희들 각자 공부방을 쓰게 해줄게."

성민이 더 좋아한다.

"그럼 엄마, 저쪽 방 제가 쓸게요."

"이번 일요일에 책상도 사고 텔레비전도 사자."

"그러면 참 좋겠다. 싸우지도 않고……."

"그래. 아빠가 너희들 공부 잘하라고 방마다 텔레비전 놔주는 거야."

현우는 바쁜 하루를 보내고 저녁을 먹고 마당으로 나가 하늘을 쳐다본다.

달이 밝네. 결혼식 올리던 날 밤처럼 달이 유난히도 밝아. 성철이도 아마 중학교 2학년쯤 됐을까? 참, 사람이 사람답게 살아간다는 것이 이렇게 어려울 수가 있을까?

한숨을 쉬며 성철의 나이를 계산해본다. 강현자와 왜 함께 이사가는 꿈을 꾸었는지 현우는 깊은 생각에 빠진다.

한편 서교동의 설국은 밤낮을 가리지 않고 인부들보다 더 열심히 집 짓는 데 몰두한다. 하나뿐인 여동생이 항상 마음에 걸렸는데 한집에서 살 생각을 하니 피곤함도 모른 채 하루도 거르지 않고 퇴근 후에도 일을 한다. 석 달 만에 동생 집이 완성되자 설국은 설송보다 더 신이 났다.

"송아! 정말 좋다. 네 집이 최고다! 아무리 양옥이 유행이라고 해도 한옥만 못하지. 정말 생각 잘했다. 집이랑 너랑 딱 어울린다. 이제부턴 우리 성철이랑 가족처럼 살자. 그리고 주방 아줌마에게도 내 말해놓으니 피곤하면 좀 도와달라고 말해. 아줌마도 우리는 식구도 적고 적적했는데 잘됐다고 하더라."

"오빠! 미안하고 고마워요. 올케언니도."

"그런 소리 하지 말고 어서 청소하자. 성철이도 고생 많았다. 이제 멋있게 꾸며놓고 살아라. 보기도 너무 좋고 마음은 더 좋다."

"언니, 정말 고마워요."

"고모는 무슨 말을 그렇게 해요? 나도 이제 마음 놓고 살 것 같구먼. 우리 이제 재미나게 살아요."

"그래요. 오빠 언니, 정말 고마워요."

설송은 설국 부부에게 고맙다는 말을 천만 번 해도 부족하다고 생각을 하며 오빠의 문패 옆에 고현우라 적힌 문패를 단다. 서까래와 기둥은 피마자 기름칠을 해서 검붉은 빛깔이 돌고 기품 있어 보인다.

설국 부부는 날마다 한전에 함께 출근을 할 때나, 퇴근을 해서도 꼭 설송 집을 둘러보며 너무 좋아한다.

"야! 우리 동생 집이 참 예쁜 집이 되었구나. 하하하! 길 가는 사람들이 발걸음을 멈추고 한 번쯤 쳐다보게 생겼어."

설국과 그의 처도 어떤 집보다 좋다고 입에 침이 마르도록 칭찬을 했다.

성철이도 이젠 제법 서울 중학생 모습이 되었다. 설송은 마음을 다잡으며 학교에서 돌아온 아들을 부른다.

"성철아! 성철아! 이리 와봐. 여기가 네 방이다."

"엄마! 전화도 놓았네요."

"우선 책상하고 텔레비전만 샀다. 침대는 다음에 사자. 네 방은 네가 깨끗하게 청소하고 정리정돈 잘하고, 알았지?"

"네, 엄마! 감사합니다. 그런데 아빠 문패도 걸었네요?"

설송은 가슴이 뗀다. 뭐라고 대답할까 잠시 망설이다 대답한다.

"응, 그래야 아빠가 오시면 기분 좋으시지."

"그런데 아빠는 언제 오시는데요?"

"아직은 모르겠다. 하지만 반드시 오실 거라 엄만 믿어. 아빠 오시면 우리 성철이 자랑할 수 있게 공부 열심히 해야지?"

"네, 엄마. 너무 좋아요. 꼭 살았던 고향 우리 집에 페인트 칠만 한 것 같아요. 하나도 이사 온 것 같지 않아요."

"우리가 살던 집 틀을 그대로 옮겼으니 그렇지. 거기에 마루는 응접실로 꾸미고, 주방을 입식으로 만들어놓으니 실내는 완전 양옥 같지?"

"네, 엄마. 완전 신식이에요. 무엇보다 집 안에 화장실이 있으니까 마당까지 나가지 않아도 되고, 너무 좋아요."

"그래. 이제는 집에서 언제든지 목욕도 할 수 있어. 성철아, 정말 좋지? 우리 재밌게 살자."

"네, 엄마. 고마워요! 무엇보다 서울에서 학교를 다니니까 너무 좋아요."

설송은 응접실 한쪽 벽을 책장으로 꾸미고 시아버지가 보던 역사책과 자신이 보던 고전, 현대문학전집을 나란히 꽂는다. 비워둔 아래 세 칸은 앞으로 성철이 공부하는 책으로 채울 생각으로 정리를 한다.

결혼 때 해온 칠첩 반상기와 은수저 두 벌은 장식장 안쪽에 잘 챙겨두며 세 식구가 밥상에 둘러앉아 행복하게 밥 먹을 날을 꿈꾸며 웃음 짓는다.

가스 불 위에서는 보리차가 구수하게 끓고 제 방에서 공부하는 성철이를 보며 설송은 희망찬 삶이 다시 시작되고 있다는 생각에 흐뭇해진다.

'여보, 여기 당신 자리를 비워놨어요.'

마음속 깊은 데서 갑자기 울컥 치밀어 오르는 감정에 숨이 막힌다. 성철이 볼까 얼른 안방으로 들어간다.

꽃가마 타고 시집오던 날부터 고씨 가문의 새 역사가 안방 벽에 새 터를 잡았다. 맨 안쪽부터 시부모 사진을 걸고, 설송의 결혼사진, 성철과 성은, 성민의 돌 사진도 나란히 걸었다. 그리고 그 옆에 성철의 국민학교 졸업 사진, 중학교 입학 사진, 봄 소풍 가서 찍은 사진들을 붙여 걸었다. 사진 속 시부모가 기뻐하며 행복하게 잘 살라고 설송과 눈을 맞추는 듯하였다.

설국의 양옥집 앞마당에 떡하니 자리 잡고 서 있는 기와집은 그의 말대로 지나는 사람들의 발걸음을 멈추게 하였다. 마치 설국네

집이 뒷마당처럼 보여서 설송은 설국에게 미안한 생각마저 들었다. 집안 정리를 얼추 마치고 방마다 돌아보며 기본적으로 필요한 물건들을 생각하며 안도의 숨을 길게 쉰다.

새로운 시작이다. 가족들에게 필요한 여러 가지와 기본적인 의식주를 생각해본다. 첫 번째 의(依)는 시간과 장소에 맞게 색을 맞춰서 입으면 지금 갖고 있는 검정색, 밤색, 하얀색의 구두로도 충분하다. 설송은 머리는 곱슬머리라 직접 자르기만 하면 미장원은 가지 않아도 된다고 생각한다. 두 번째 식(食)은 고향집에서 올라오는 식량이 있으니 걱정 없이 잘 먹을 수 있고 건강관리만 잘하면 된다. 마지막으로 주(住)는 지금 터를 잡은 곳이 볕도 잘 들고 공기 좋고, 서교 시장과도 가깝고 교통편도 좋아 서울 삶이 이만하면 의식주 모두 양호한 것 아니냐고 혼잣말을 해본다.

새로운 아침이다. 설송은 집안 정리도 끝나 응접실에서 차 한 잔을 마주하고 앉아 집 안을 살펴본다.

'이만하면 가난하게는 보이지 않겠구나. 이제 어디 취직만 하면 되겠네.'

마당의 목련은 꽃망울을 머금고 담장 아래의 장미꽃이 푸른 잎이 나오기 시작한 화사한 봄날. 초인종이 울린다.

"누구세요?"

"네! ○○ 화장품입니다."

설송은 반갑게 문을 열어주고 차 한 잔을 내어놓는다.

"우리 집에 첫 번째 오신 손님이네요. 사실 내가 시골에서 와서 아는 사람도 없고, 경험도 없고, 학벌도 기술도 없는데, 나도 아줌마처럼 일할 수 있을까요?"

"아줌마, 제 일이 보기보다는 힘들어요. 나도 외상 때문에 이 달만 하고 그만두고 다른 회사로 옮기려고요."

"아, 그래요. 무슨 일인데요? 저 같은 사람도 할 수 있을까요?"

"글쎄요……. 샴푸 파는 일이에요."

"저…… 좀 소개해주실 수 있으세요?"

방문 사원은 한참을 생각하더니 전화번호를 적어주며 김영복 과장님 소개로 왔다 말하라고 한다.

"아줌마, 고마워요! 어느 누구한테 말 한마디할 수 없었는데 정말 고마워요. 나는 평소엔 화장을 잘 하지 않는데 직장에 나가려면 기본은 해야겠지요?

"그럼요! 스킨, 로션, 파운데이션, 립스틱 정도면 충분해요."

다음 날 설송은 산 설고 물 설은 서울 땅에서 일자리가 생길 수 있다는 희망을 안고 집을 나선다. 신도림역에서 십 분 거리에 있는 우성 아파트 상가에 ○○샴푸라는 간판을 확인하고 문을 열고 들어가자 사장과 그의 부인으로 보이는 두 사람이 떡시루와 하얀 실을 감은 마른 명태, 돼지머리와 과일로 상을 차리고 개업 준비를 하고 있다.

"실례합니다. 저, 김영복 과장님 소개로 왔는데요."

"아, 그렇습니까? 어서 오세요."

직원이 모두 출근하자 돼지 코에 돈을 꽂고 절을 하며 개업식을 마치고 음식을 나누어 먹는다. 사장이 회의를 마치고 여러 가지 업무를 지시한다.

"과장님들은 팀별로 파트너를 짜고 내일부터 영업할 준비를 해놓고 퇴근하시고, 여사님들은 내일부터 출근하세요."

"엄마! 학교 다녀왔습니다."

"어서 와라. 오늘도 고생 많았다. 성철아, 엄마 내일부터 출근한다."

"무슨 회사인데요?"

"샴푸 파는 회사."

"그런데 엄마가 그런 일을 하실 수 있겠어요?"

성철이 엄마를 진정 걱정하는 눈빛이다.

"그럼! 한번 다녀봐야지. 다른 아줌마들도 다 다니는데."

설송은 여느 때보다 일찍 일어나 목욕을 하고 머리를 자르고 거울을 본다. 설송의 인생에서 첫 출근이자 서울에서의 첫 번째 도전이 시작되는 날이다. 파마머리도 새로 드라이한 것처럼 멋있게 되었다. 서둘러 아침을 먹고 옷장 문을 열고 옷을 고르려다 갑자기 몸이 움찔 떨린다. 하얀 블라우스에 검정 스커트를 입고 검정색 반하이힐을 맞춰 신고 검정 핸드백을 맨다.

버스를 타러 가는 길에 쇼윈도에 비친 모습을 힐끗 쳐다보며 설송은 다시 한 번 머리에서 발끝까지 점검한다. 이 정도면 촌스럽지는 않지? 늙어 보이지는 않겠지? 행여 과부 티는 나지 않는지, 잘해낼 수 있을까? 이런저런 생각을 하다 회사에 도착했는데 어제처럼 사장과 경리만 나와 있다.

커피 한 잔을 놓고 한참 책을 읽고 있는데 동료들이 한둘씩 오기 시작한다. 아침 조회를 하고 최영옥 부장이 명단 발표를 한다.

"신중태 과장 팀은 이순자, 윤금봉, 백금순 그리고 새로 오신 설송 여사님. 정만옥 과장 팀은 이인숙, 오유섭, 박명자 여사님. 자, 오늘도 파이팅입니다."

팀별로 샴푸를 싣고 출발하여 드디어 설송의 첫 도전이 시작된 것이다. 봉고차가 멈추자 설송의 방망이질하는 숨소리가 운전석에 있는 신 과장에게까지 들릴 것만 같았다.

"오늘은 여기서 시작하겠습니다. 건너편에 보이는 국민은행 앞으로 오후 한 시까지 오세요. 그리고 처음이신 설 여사님은 이순자 여사님이 동행해 드리세요."

각자 구역을 나누고 팸플릿을 들고 초인종을 누른다.

"누구세요?"

"네, 좋은 샴푸가 나왔는데 샘플 한번 써보시라고요."

"안 사요."

"사라는 게 아니라 샘플 한번 써보시고 좋으면 이웃 분들과 나눠 쓰시라고요."

인기척이 없어 돌아가려는데 빼꼼히 문이 열리자 이 여사가 기회를 놓치지 않는다.

"어때요? 향이 좋지요? 이 샴푸는 다른 제품과 달라서 머리도 감을 수 있고 목욕도 할 수 있어요. 머리부터 발끝까지 다 쓰는 목욕 샴푸예요. 그리고 아주머니가 샴푸 두 개만 팔면 샴푸 한 개를 그냥 드려요. 네 개를 팔면 맥주 컵 한 세트, 여섯 개 팔면 커피 잔 한 세트, 여덟 개 팔면 행남자기 한 세트, 열두 개 한 박스를 다 팔면 샴푸 한 박스를 드려요. 어때요, 향도 좋고 조건도 괜찮죠? 그리고 만약에 못 팔면 그대로 반품하세요. 아무런 문제없습니다. 그러니까 걱정 마시고 한 박스 들여놔보세요."

한참 설명을 듣던 여자는 "못 팔면 다시 가져가는 것 맞지요?" 하면서 재차 확인을 한다. 이 여사는 설송 이름으로 한 구좌를 끊어주고는, 이제부터는 혼자 해보라는 말을 남기고 골목길을 총총히 벗어난다.

그러나 막상 홀로 남은 설송은 도저히 용기가 나지 않는다. 초인종이 커다란 바위처럼 보여서 무섭게만 보여 피하며 그냥 지나치다 마침내 막다른 골목에 이르렀다. 이제는 방법이 없다. 마침내 두 눈을 질끈 감고 초인종을 누른다.

"누구세요?"

"……."

"벨을 눌렀으면 말을 해야지, 말을. 누구야?"

대문 안쪽에서 울리는 금속성의 목소리에 설송의 가슴은 홍두

깨 방망이질인데 도무지 입은 열리지 않고 마치 도둑질하다가 들킨 사람처럼 뛰기 시작하였다. 겨우 숨을 고르고 골목 끝에서 시계를 보니 어느덧 한 시다. 한 구좌도 열지 못한 채 집결지로 간다. 동료들은 점심값으로 이천 원을 받아 근처 식당으로 삼삼오오 사라지는데 차 안에 혼자 남은 설송은 어떻게 대문을 열고, 사람을 만나면 무슨 말을 꺼낼 것인지 걱정에, 들고 온 도시락은 뚜껑도 열지 못했다.

점심시간이 끝나고 다음 장소로 이동하여 여섯 시까지 목동 은행 앞으로 집결하라는 말을 전달받고 각자 골목을 나누고 점점이 사라진다.

뾰쪽한 방법은 떠오르지 않아 우선 한 집도 빠뜨리지 말고 벨을 누르는 것부터 시작하기로 한다. 힘들 때마다 성철이를 생각하기로 굳게 다짐하였다.

'난 할 수 있어, 그럼. 아니 꼭 해내야지.'

설송은 심호흡하며 주문을 건다.

'나는 직장인이다. 나는 근무 중이다. 결코 놀러 나온 것이 아니다.'

다짐을 하니 부끄러운 마음도 덜해지고 잘할 수 있을 것 같은 생각에 주먹을 불끈 쥔다. 이를 악물고 벨을 누른 두 번째 집에서 50대 초반으로 보이는 아줌마가 호기심을 표한다. 더듬더듬 오전에 이 여사가 했던 말을 기억해내며 설명을 하였다.

"못 팔면 꼭 가져가는 것 맞죠. 마침 내일이 곗날이니 한번 해보지 뭐……."

"네, 걱정 마시고 많이 팔아서 선물 많이 받으세요."

운이 좋았을까? 처음에는 공탕하기가 일쑨데 여섯 구좌를 채우기는 그녀가 처음이라고 모두들 설송을 부러워하였다.

그렇게 어렵게 시작했던 서울에서의 첫 직장은 벌써 열 번째 월급날이 돌아왔다. 오늘도 맡은 지역에서 일을 마치고 회사로 돌아가는 봉고차 안에서 설송의 미니 콘서트가 열렸다.

"언니, 책 좀 그만 보고 노래 좀 불러봐요. 언니 노래를 들으면 피로도, 스트레스도 다 풀려요. 꼭 마약 같아."

노래를 좋아하는 설송은 당연하다는 듯 대꾸한다.

"또 노래 시켜놓고 잠자려고……."

동료들이 모두 웃음으로 대답을 한다.

"무슨 노래 부르지?"

"가곡을 부르시든 유행가를 부르시든, 언니 맘 내키는 대로 불러봐요."

"그럼, 내가 방랑시인 김삿갓 시에 가사만 바꿔 만든 노래가 있는데 한번 들어볼 테야?"

"설 어사님께서 먼저 일 절을 부르시겠답니다."

죽장에 삿갓 쓰고 방랑 삼천 리
흰 구름 뜬 고개 너머 가는 곳이 어디냐
열두 대문 문간방에 걸식을 하며

술 한 잔에 시 한 수로 떠나가는 김삿갓

설송이 이어 2절을 부른다.

봉고에 샴푸 싣고 방랑 천리 길
흰 구름 따라 고개 너머 가는 곳이 어디냐
열두 대문 두들겨서 샴푸를 팔아
한 구좌에 웃음 짓고 떠나오는 우리들

"하하하! 정말 딱이네. 언니, 우리 일과잖우. 우리네 인생 이야기야……."

더러는 꾸벅꾸벅 졸면서 회사에 도착한다.

월급봉투를 받아든 동료들은 삼겹살집으로 가서 먹어라, 술을 마셔라, 네가 월급을 더 많이 탔으니 2차는 네가 내라며 부추기고, 3차는 내가 낸다며 오늘도 일어설 기미가 전혀 보이지 않는다. 그러나 미리 문 앞쪽에 자리 잡은 설송은 밥만 먹고 살짝 일어선다.

집으로 가는 전철 안에서 눈을 감고 오래전 망자가 되어버린 시어머니 생각을 한다.

'어머님, 성철이가 벌써 내년이면 고등학교에 가요. 저도 이제 서울 사람 다 됐어요. 성철이는 서울에 와서도 여전히 전교에서 일등 자리 놓치지 않고 몸도 건강하게 잘 크고 있어요. 대견하죠? 어머님도 잘 계시죠?'

집으로 가는 길에 공중전화로 성철을 불러낸다.

"성철아, 엄마야. 홍대입구로 나와라. 나이키 매장에 가서 따뜻한 파카 한 벌 사자."

"엄마, 난 메이커 상관없는데요."

파카 한 벌을 사서 입히며 설송의 마음은 기쁨으로 일렁인다.

"고맙습니다. 참 가볍고 따뜻해요."

"그래. 너무 멋있다. 역시 겨울옷은 검정색이 따뜻하게 보이고 제일 멋있어야……."

설송은 파카 하나를 사 입히고 너무 좋아서 앞으로 보고 뒤로도 보며 예쁘다 예쁘다 연발하며 집으로 온다.

"성철아, 엄마가 영어 공부하다가 모르는 단어를 물어보면 잘 가르쳐줘야 한다. 오늘 중고 매장에서 테이프 육십 개와 교재 열두 권을 샀거든."

"넵! 알았어요. 걱정 마세요."

"어서 숙제하고 빨리 자라."

한편, 현우 현자네 집에서도 백화점에서 가족 쇼핑을 한다.

"성은아! 성민아! 입어봐."

"네, 엄마!"

두 아이와 현자가 거울 앞에 나란히 선다.

"어이쿠! 내 딸들 예쁘기도 하지. 어디 보자."

둘이 나란히 같은 색으로 입으니 꼭 쌍둥이같아 보인다.

"정말 분홍색 장미 두 송이가 우리 눈에 활짝 피었네."

"여보, 우리도 한번 입어봅시다. 당신 역시 멋있는데요. 나는 어때요?"

"당신도 멋있어. 요즘 날씨 풀리면 입고, 또 봄 소풍 갈 때도 입으면 되겠어요."

현우는 현자와 딸이 옷을 살 때마다 설송과 성철이 생각이 연이어 떠오른다.

오늘 아침은 쌀쌀하다. 봄은 왔지만 겨울은 쉬이 떠나질 못하는가 보다.

"성철아, 옷 따뜻하게 잘 챙겨 입어라."

얇은 내의까지 챙겨 입었지만 아직은 쌀쌀한 바람이 품 안까지 매섭게 파고드는 3월 초.

설송은 검정 스프링코트에 검정 스웨터를 입고 소녀처럼 출근을 한다. 오늘도 사무실에 맨 먼저 출근을 해서 책상 정리를 하고 커피 한 잔 앞에 놓고 책을 보고 있는데 사장이 들어온다.

"설 여사님은 참 부지런하세요. 일 년이 다 되어가는 동안 한 번도 일등을 놓치지 않고 맨 먼저 출근을 하신단 말이에요. 무엇보다 손에서 책을 놓지 않는 모습이 참 존경스럽습니다."

용산 미군부대 쪽에 2호차를 세우고 신 과장과 '오늘도 파이팅!'

을 외치며 각자 샘플과 팸플릿을 챙겨들고 헤어진 뒤 설송은 앞 동네 첫 집 초인종을 누른다. 문을 열어준 주인아주머니의 인상이 봄햇살처럼 푸근하다. 설명을 막 시작하려는데 갑자기 설송의 눈앞이 캄캄해지며 현기증을 일으켰다.

"아줌마! 아줌마! 이게 무슨……. 잠깐 방으로 들어갑시다."

집주인이 자리를 펴고 몸을 눕히는데 설송은 아무런 대꾸도 못한 채 그냥 쓰러진다. 얼마나 시간이 지났을까? 눈을 떠보니 낯선 방인데 몸이 둥둥 배를 타고 흘러가는 것 같고 자꾸 눈이 감긴다.

"아이고! 이제 정신이 좀 들어요? 이게 도대체 무슨 일이에요?"

"저도 모르겠어요. 폐를 끼쳐드려 정말 미안해요."

"아이고 무슨 말을……. 사람이 살다 보면 별별 일이 다 있는 거지요. 급한 대로 흰죽 좀 끓였으니 한술 뜨고 가요."

"아니에요. 신세진 게 얼만데, 밥까지……."

"마침 나도 식전이니 같이 먹읍시다. 어서 먹어요. 따뜻해서 먹고 나면 정신이 좀 날 거예요."

"그래도 어떻게 염치가 있지……."

"아이고! 그런 말 말아요. 나도 안 해본 일 없이 별별 일 다 겪어봤어요. 아줌마처럼 남의 집에 쓰러져서 그 집에서 밥 얻어먹고 정신을 차린 적도 있었고요. 옛날 꼭 나를 본 것 같아 그러니 어서 한술 떠요."

"정말, 고맙습니다. 몸이 으슬으슬한 게 아마 감기인가 봐요."

"그래요. 아줌마 입술이 파란 것이 추워 보이더라고요."

설송은 천천히 한두 수저 떠먹기 시작하더니 죽 한 그릇을 다 비우고서야 이제는 살 것 같다며 엷은 미소를 짓는다.

"거봐요. 내 말 듣기를 잘했죠? 온실에서 자란 화초처럼 집안 살림만 하면서 살 사람처럼 보이는데 종일 걸어다니는 것이 힘들었나 보네. 몸살감기가 오면 누구나 다 그렇지. 나도 다 그렇게 살았어요. 젊어 고생은 사서도 한다니 이왕 하는 거 열심히 하세요."

"이 은혜를……. 정말 감사합니다, 아주머니. 오늘 제 운수가 정말로 좋은 날인가 봐요."

"아이고 무슨, 내가 더 고맙구먼. 못 일어나면 어떡하나 은근히 걱정을 많이 했는데 이렇게 일어나줘서 고마워요. 잘 살아요."

"그런데 아무리 생각해도 드릴 것이라고는 샴푸 샘플밖에 없네요."

설송은 급한 대로 손에 잡히는 샘플을 한 움큼 꺼내 부끄럽게 내민다.

"정말 고맙습니다. 이 은혜는 잊지 않겠습니다. 그럼 이만 갈게요. 건강하시고 행복하세요."

이미 동료들이 점심 식사를 마치고 오후 일을 준비하는 시간에서야 설송은 집결 장소에 도착한다. 오후 일은 어떻게 했는지 모를 정도로 시간이 흘러 김 과장은 회사에 들어가면서 승용차로 설송을 집 앞에 내려준다.

그 후 이틀째 출근을 못하고 방에만 누워 있는데 올케가 설송을 재촉한다.

"오빠가 오늘은 꼭 병원에 다녀오라 했어요. 어서 일어나요."

병원에서 진찰을 받으며 의사 앞에 앉아 있는 순간에도 쓰러질 것만 같다. 영양실조와 스트레스 그리고 피로가 겹쳤으니 마음 편안하게 하고 잘 먹고 편히 쉬면 나을 것이라는 처방을 받고 돌아오는 길에 올케가 잉어 한 마리와 한약재를 사와 찜통에 넣고 푹 고와 준다.

넉 달이 지나서야 설송의 건강이 회복됐다. 용기를 내서 다시 출근을 했는데 아무리 둘러보아도 다니던 회사 간판이 보이지 않았다. 어떻게 된 것인지 설송은 두리번거리며 망설이다가 사무실 문을 빠끔히 열어본다. 낯선 공간, 낯선 사람이 이사 온 지 한 달이 되어간다고 한다.

설송은 하늘이 무너지고 땅이 꺼지는 절망감에 눈앞이 캄캄하다. 직장 없이는 살아갈 수가 없다는 생각으로 터벅터벅 걷다가 식당 앞 유리창에 '주방 아줌마 구함'이라는 문구에 눈길이 멈춘다. 한참을 망설이다 들어가서 수를 찾자는 생각으로 설송이 식당 문을 연다.

"저……. 밖에 붙은 광고를 보고 들어와봤는데요."

"네? 경험은 있으세요?"

"아니에요. 처음이지만 성실하게 일하겠습니다."

"설거지는 물론이고 밑반찬 준비도 해야 하는데 할 수 있겠어요?"

"네, 한번 해볼게요."

"그럼 내일부터 나와보세요."

"저……. 그냥 오늘부터 하면 안 될까요?"

설송은 무엇보다 일을 할 수 있다는 사실만으로도 다행이라 생각하였다.

한식당이라 식구들 음식 만든다 생각하고 별 어려움 없이 반나절 일을 마치자 부지런하고 깨끗하고 음식 솜씨도 좋다고 인정을 받았다.

식당 주인은 퇴근길에 오빠네까지 나누어 먹을 수 있는 충분한 양의 음식까지 싸준다. 올케는 잘할 수 있겠느냐며 걱정을 했지만 다른 방법이 없다. 그저 성철이 서울대학을 목표로 일등 자리를 놓치지 않고 열심히 공부하는 모습을 보며 힘을 얻는다.

벌써 열 번째 월급 날, 저녁 장사를 마치고 봉투를 건네주는 식당 주인의 얼굴이 회색빛이다.

"아줌마 미안해서……. 장사가 너무 안 되니 도저히 감당을 할 수 없네요. 이제부터는 내가 혼자 해볼까 해요."

순간 설송은 눈물이 핑 돈다. 내 인생, 참 복도 없구나. 참으로 앞날은 알 수가 없구나.

"그래요. 사실 나도 그동안 월급 받기가 좀 미안했어요. 어쩔 수 없지요. 그동안 감사했어요."

서로 안타깝게 바라보던 식당 주인이 어렵게 말을 꺼낸다.

"성철 엄마가 괜찮다면 내가 점심 먹으러 오시는 영지버섯 회사 사장님에게 일자리 한번 말해볼까요?"

"그렇게 해주시면 저야 고맙죠."

다행히 다음 날 설송은 전화를 받을 수 있었다. 작은 나무상자에 하얀 솜을 깔고 영지버섯이 상하지 않게 잘 놓고 선물용으로 포장하는 일인데, 동료들이 하는 대로 별로 어려울 것 없이 따라 할 수 있는 자리라 감사하는 마음으로 재미나게 다녔는데 8개월 만에 또 회사가 문을 닫게 되었다.

다니는 직장마다 어째서 일 년을 넘기지 못하는지, 복 없는 인생살이가 한심스럽고 세상 살기가 두려워 설송은 그만 딱 죽고 싶은 심정이다.

'이젠 어떻게 해야 하나? 나는 어떻게 살아야 해? 그만 살아야 하나? 참으로 야속하구나. 갈 곳 없는 내 신세. 그러면 우리 성철이는…… 어떡하나, 어떡해.'

성철의 얼굴이 떠오르자 설송은 다시 이를 앙다문다.

'지금 내가 무슨 생각을 하고 있는 거야. 하늘이 무너져도 솟아날 구멍이 있다고 했어. 분명히 방법이 있을 거야. 시어머님. 제발 저 좀 도와주세요.'

설송이 집으로 가기 위해 빌딩을 나오다가 로비 청소를 하고 있는 아줌마의 이름표에 눈길이 머문다.

"아줌마! 어쩜 제 이름하고 똑같아요. 나도 아줌마처럼 일할 수 있을까요?"

"어머! 그래요? 내가 흔한 성이 아닌데. 아마 한 사람이 더 필요하다고 들은 것 같은데……. 날 따라와보세요."

관리사무실을 지키는 반장에게 설송이 사정 이야기를 하니 마침 한 자리가 비어 있으니 내일부터 나오란다. 대한빌딩 청소부까지 설송은 그동안 벌써 네 번째 직장을 옮겼다.

설송은 오전 여섯 시까지 출근을 하기 위해 새벽 첫 전철에 몸을 맡긴다. 설송은 관리 직원을 따라 작업실에서 청소복과 2층과 3층 열쇠 두 개를 받아들고 3층으로 올라가서 청소하는 방법을 배운다.

"아줌마, 이제 삼 층은 혼자 해보세요. 나도 이제 내 구역 청소하러 갈게요. 청소가 끝나면 열 시까지 관리실에 열쇠를 반납하고 아침 식사하러 방으로 오시면 돼요."

3층 사무실 청소를 하려고 창문을 열고 바라본 맞은편 빌딩들도 서서히 하나둘씩 불빛이 켜진다. 높고 화려하게만 보이는 고층 빌딩을 청소부들의 보이지 않는 손들이 환하게 밝히고 있다는 것을 생각하면서 설송은 서투르지만 한편으론 자부심마저 생긴다. 설송은 청소를 끝내고 열쇠를 반납하고 아침을 먹으러 방으로 들어간다. 다른 동료들은 벌써 아침을 먹고 있다.

"어서 와요. 이리 앉으세요."

"이런 일 해봤어요?"

"아니에요. 처음이에요. 잘 가르쳐주세요."

설송 아줌마가 반찬을 옆으로 밀어준다.

"내 옆으로 오세요. 함께 먹어요."

맛있게 밥을 먹는 동료들과 다르게 설송은 모래를 씹는 것처럼 입이 깔깔하고 눈물이 자꾸 목에 걸린다.

"쌀은 회사에서 나오고요, 일주일씩 당번을 정해서 돌아가며 밥을 해요. 그리고 각자 반찬만 싸가지고 와서 함께 먹어요. 아침밥 먹고 한 시간은 쉬는 시간이에요. 보통 잠을 자요. 잠시 쉬었다가 열한 시에 다시 올라가서 주변 청소하고 한 시까지 내려오세요."

아침을 먹고 아홉 명이 이불 하나에 발만 넣은 채 얼기설기 얽혀 쪽잠을 잔다. 설송도 모로 눕고 눈을 감아보지만 잠들지 못한다. 내일은 이불을 하나 가지고 오리라 생각하고 설송은 누워 마음의 일기를 쓰다, 코까지 골며 지쳐 잠을 자는 동료들의 모습들에 안타까움을 느낀다.

새벽 첫 전철에 몸을 싣고 오가는 생활에 아직 몸과 마음이 적응하지 못한 어느 저녁. 아홉 시 뉴스를 보던 설송은 눈과 귀를 의심한다. 대한빌딩 3층에서 누전으로 불이 난 것이다.

'아. 대한빌딩이라면……. 아닐 거야, 설마…….'

긴 밤이 지나고 설송이 출근한 아침. 모두 다 탄 것은 아니지만 천정과 벽 그리고 사무실 집기까지 새카맣게 타거나 그을렸다.

복 없는 나 때문에 불이 난거야. 그래도 다시 얻은 직장을 운명이라고 생각하며 2층 원단회사에서 나오는 자투리 천으로 동료들 베개를 만들어주며, 내 직장이라고 감사하는 마음으로 열심히 살아보려고 마음먹었는데…….

3층 사무실을 사용할 수가 없게 된 설송은 자연스럽게 일자리를 잃게 되었다. 겨우 발걸음을 끌며 집으로 향하는데 설송은 아무리 생각해도 기가 막히다. 어떻게든 열심히 살아서 '엄마의 일기'라는 제목으로 책을 낼 생각으로 동료들이 모두 자며 쉬는 시간에도 화장실에 쪼그리고 앉아 글을 썼다. 그러다 반장에게 들키면 야단을 맞다가도 참 대단하다며 웃어 넘겨주던 일이 부끄럽게만 느껴지던 때를 떠올린다. 때마침 깜깜해진 하늘에서 자신의 인생을 닮은 진눈깨비가 갈팡질팡 내리고 있는 거리를 지나 설송은 집으로 돌아온다.

　'진눈깨비야, 어쩌자고 너는 나를 자꾸만 따라다니느냐. 눈도 아닌 것이 비도 아닌 것이 내 발걸음마다 따라다니느냐. 이제는 제발 내 앞에 내리지 말아다오. 진눈깨비야, 왜 오늘 갈팡질팡하느냐. 넌 어쩌면 이리도 내 모습이냐. 내일은 내게 밝은 햇살로 비추어다오. 제발.'

　설송은 억장이 무너지는 것 같고 도저히 세상을 살아갈 자신이 없다. 그렇다고 집에서 마냥 손 놓고 앉아 있을 수도 없고 오빠나 성철에게 말을 할 수도 없어, 자신의 처지가 기구하게만 느껴진다.

　설송은 집에 있으면 미칠 것 같아 아침을 먹으면 여느 때처럼 무조건 길로 나선다. 아무리 뜻대로 살아지지 않는 것이 인생이라고 해도 자신처럼 복 없는 사람은 차라리 죽는 것이 낫다는 생각을 떨쳐버리려고, 어떻게든 살아보려고 마음을 다잡으며 걷고 또 걷는다.

살아가려면 돈을 벌어야 하고 돈을 벌려면 일을 해야 하고 일을 하려면 능력에 맞는 직업을 가져야 한다. 그런데 왜, 변변한 직장 하나 잡지 못하고 이렇게 헤매고 있단 말인가? 정말 한심스럽다는 생각에 절로 고개가 숙여진다.

한참을 걷던 설송이 배낭을 메고 전단지를 벽과 전봇대에 바쁘게 붙이고 걷는 사람을 부른다.

"아줌마, 어떻게 나도 함께 일할 수 있을까요? 나도 일 좀 하게 해주세요."

설송이 얼마나 다급해 보였는지 내일부터 나오라는 말을 듣고 난 다음 날 설송은 정수기 사용 안내 전단지를 배낭에 가득 짊어지고 전봇대마다 붙인다. 겨우 하루 일했을 뿐인데 다리가 퉁퉁 부어올라 한 걸음도 뗄 수가 없다.

도저히 일을 계속할 수가 없을 것 같다. 개미도 여름날 하루를 놀면 겨울 열흘을 굶는다는 말이 있고 또 젊어서 하는 고생은 사서도 한다는 말도 있는데. 아, 이제는 어떡해야 하나. 방 안에 누워 이런저런 생각을 하다가 서울에 와서 몇수 년을 헤매는 동안 벼룩 신문이라는 시장 정보지가 길가나 버스 정류장 전철역 입구에 꽂혀 있다는 데 생각이 미친다. 별다른 학벌이나 기술이 없다 해도 이 넓은 서울 땅에서 설송은 자신이 할 수 있는 일자리가 분명히 있을 거라는 생각에 정보지를 모두 들고 온다.

교차로 신문부터 펼치고 샅샅이 찾아보지만 서럽게도 도무지 적당한 곳이 눈에 띄지 않는다. 설송은 서울에서 사는 사람들은 모두 멋있고, 편하고, 행복하게 사는 줄만 알았다. 그러나 몇 년을 헤매다 보니 아마도 서러운 사람들이 모여 사는 울타리여서 서울이라 이름이 붙지 않았나 하는 생각마저 든다. 절망하는 심정으로 신문을 덮으려는데 설송의 눈길이 멈춘다. 희망 봉제회사! 설송은 떨리는 손으로 전화를 걸어본다.

"여보세요?"

"네, 말씀하세요."

설송은 더듬거리다 겨우 말을 잇는다.

"네, 제가 처녀 때 양장점을 했어요."

따로 기술을 배운 적 없이 혼자서 가족들 옷 만들어 입힌 것이 전부였던 설송이지만 더듬거리며 거짓말을 하고 있다. 그러나 누구보다 미싱으로 옷 만드는 일만큼은 자신 있다.

"지금 미싱사 자린 없고 시다 자린 있는데, 그 일도 괜찮으시면 내일 나와보세요."

설송은 전화기를 붙들고 연신 고맙다고 인사를 한다. 시다도 감지덕지지, 암.

죽었다 살아난 기분으로 찾아간 봉제회사는 서울에서 두 번째로 큰 회사라고 한다. 직원들이 백여 명인데 시다만 이십여 명은 족히 되어 보이는 회사에 설송이 입사한 것이다.

매주 월요일 아침 전 직원이 모여 애국가를 부르며 조회를 하는 풍경까지 설송은 낯설었지만 회사가 중소기업이라는 믿음에 감사한 마음으로 출근을 한다. 날이 지날수록 설송은 일이 손에 익은 듯 익숙하다. 다른 직원들은 양장점을 해본 사람이라 역시 다르다며 오히려 설송에게 가르쳐달라고 부탁을 한다.

점심 식사 후 한 시간 주어진 쉬는 시간 대부분을 동료들은 잠을 자거나 수다를 떠는데 설송은 이어폰으로 영어 테이프를 듣는다. 또 국어사전을 읽으며 시집도 챙겨 읽어 시인이 되겠다는 자신과의 약속을 잊지 않는다.

설송은 적성에 맞는 회사를 다닐 수 있게 연결해준 교차로 정보신문이 너무나도 고맙다.

서울에 와서 여러 직장을 다녀보았지만 미싱 일은 그중에 제일 마음에 합당한 자리라는 사실에 다시 힘을 얻고 감사하며 일에 대한 자부심으로 1년 여의 세월을 보낸다.

그런데 그만 IMF가 터진다. 그 여파가 봉제공장까지 밀려온다. 회사도 인건비가 싼 중국으로 공장을 옮기는 바람에 설송은 또 한 번 안식처를 잃게 된다.

또다시 정보신문을 가져와 동그라미를 쳐가며 봉제회사 이곳저곳에 전화를 해보는데 설송을 사원으로 반기는 곳이 없다. 설송은 자꾸만 불안한 생각이 든다. 그동안의 인생길이 마치 폭풍에 철썩이는 파도처럼 출렁거리는 일뿐이었구나 싶다. 마음이 다소 안정되려 하면 또다시 내리막길로 달려가는 인생길 어느 곳에 종착역이 있을지 참으로 막막해져 눈을 감는다. 자정은 넘었는데 불면의 밤은 나날이 늘어나고 수많은 사연이 잇달아 꼬리를 물어 종내는 남편 생각에 이른다. 참으로 아쉬운 사람. 고현우.

그때에 성철이가 문을 두드린다.

"엄마!"

"왜? 아직 안 잤니?"

"네, 엄마."

"엄마한테 할 말 있어?"

"엄마? 아빠는 언제 오시는 거예요? 아빠는 어떤 분이셨어요?"

설송은 잠시 말을 꺼내지 못한다. 이제 성철이도 고등학생이 되었으니 모든 것을 다 알려주는 편이 낫겠다는 생각이 든다.

"성철아, 아빠 많이 보고 싶고 같이 살고 싶지?"

"네, 엄마. 답답해요. 이제는 아빠가 밉기도 해요."

설송은 성철의 손을 잡고 어깨를 다독인다.

"그래. 이제 아빠에 대해 모든 걸 말해줄게. 사실은 아빠 직업 때문에 쉽게 말을 못 한 거야."

설송은 숨이 확 막혀오는 것을 간신히 참으며 천천히 성철의 눈을 바라보며 거우 말문을 연다.

"왜요?"

"아빤 지금 경성중학교 선생님이셔. 만약에 엄마가 아빠 찾아간다면 본부인이 나타났다고 아빠뿐만 아니라 성은 성민이 엄마까지 직업을 잃게 될 거야. 그렇게 되면 또 성은이와 성민이는 아빠를 잃고……. 그렇게 되는 거야. 이해가 되니? 저기 첫돌 사진에 있는 성은이 성민이 엄마가 따로 있단다. 강현자 선생님이라고, 아빠랑 부부교사야."

성철이 눈을 크게 뜨고 깜짝 놀란다.

"아니! 엄마, 어떻게 그럴 수가 있어요?"

"그래서 이렇게 늦어질 뿐이란다. 우리는 이미 적응이 돼서 아빠 만날 날을 기다리며 희망으로 살아가지만 네 동생 성은이와 성민이는 아빠를 빼앗겨버리잖아. 참을 인 자 세 번이면 살인도 면한다는 옛말도 있듯 우리 참고 살면 언젠가는……. 우리가 언제든지 아빠를 만날 권리가 있지만 성은 성민 그 아이들은 우리하고 입장이 달라. 그리고 서둘러봐야 우리도 좋을 것 없어. 아빠가 직장 생활 잘하고 건강하게 잘 계시다가 우리를 만나야 서로 좋은 일이라고 생각해, 그렇지 않니? 엄마는 기회가 반드시 오리라고 믿으며 살아가고 있는 거야."

"그럼 그때가 언제예요?"

"엄마 생각엔 아빠가 정년퇴임을 하는 그때가 가장 적당하지 않을까 생각한단다. 오늘이라도 엄마가 아빠를 찾아갈 수 있지만, 두 집 다 거지꼴 되는 것이 뭐가 좋겠어? 그렇겠지?"

설송의 눈에 흐르는 눈물을 성철이가 잔잔히 보고 있다. 성철은 말없이 한참을 기다리다 긴장된 얼굴을 편다.

"엄마, 그래요. 엄마한테 아빠의 얘기를 다 들으니 답답했던 마음이 좀 이해가 되기도 하는데……. 그래도 아빠가 미워요."

설송은 성철의 어깨를 쓰다듬는다.

"우리는 아빠 만날 날을 기다리며 행복하게 살자."

"그래요, 엄마. 저는요, 혹시 아빠가 돌아가셨는데 저 기죽이지 않으려고 숨기신 걸까 하고 생각했어요. 살아 계시다는 걸 알았으니까 훨씬 힘이 나요."

"그랬어? 그래, 아빠 없이 사는 사람들이 수도 없이 많을 거야. 몇십만 몇백만 명도 될 거야. 그래서 사람은 세상을 살면서 항상 두루 둘러보는 지혜가 있어야 해. 무슨 일을 당하면 나 혼자 같아도 나보다 더 큰일을 당하고 사는 사람을 생각하면서 살아야 한단다. 그것이 세상살이야. 비 온 뒤에 땅이 더 굳는다는 말도 있잖아. 너는 최고로 좋은 대학에 들어가고 나는 열심히 공부해서 꼭 꿈을 이루고 아빠도 만날 거란다. 엄마는 그 희망으로 이렇게 하루도 쉬지 않고 세상 숙제를 하며 사는 거란다. 엄마가 밤이면 하루를 돌아보며 일기를 쓰지. 언젠가는 '엄마의 일기'라는 제목으로 책을 내려고 매일 일기를 쓰는 거란다."

"엄마 참, 대단하세요. 정말 주위에서 보면 엄마 같은 인품을 가지신 분은 보기 드문 것 같아요."

"엄마가 우리 성철이에게 칭찬을 받으니 내 어깨에 날개가 달리는 것 같은 걸. 좋아, 우리 이 기분으로 아빠 만나는 그날까지 즐겁고 행복하고 아름답게 건디자. 그래서 아빠를 만나도, 다음에 네 색시를 만나도 부끄럽지 않게 멋지게 살자, 파이팅!"

설송과 성철이 두 손뼉을 마주친다.

12막

고향 친구

　오늘 설송은 라디오 볼륨을 높인다. 음악도 듣고 편지 사연도 들으며 그동안 소홀했던 집 안 정리를 하면서 보낼 요량이다. 안방에 걸었던 가족사진을 응접실 책장 옆으로 내걸면서 집 안 분위기를 바꿔본다. 예쁜 찻잔을 장식장 앞으로 내놓고 싱크대 정리를 다시 한다. 때마침 벨이 울리는데 죽마고우 석금이었다. 당장 만날 것을 약속하고 황급히 약속 장소로 달려갔다.

　"어서 와! 얼마만이야?"

　둘이 한참을 껴안는다.

　"울긴. 어서 이리 앉아."

　"이게 대체 얼마만이야? 우리 서울에 와선 처음 만나는 거지?"

　서로 앞다투어 소식 반 하소연 반으로, 그동안 아무에게도 말하지 못한 서울살이 고달픔과 인생살이를 털어놓는다.

　"너도 고생 참 많았구나. 그래도 너는 성철이가 공부를 잘하니까 자식 걱정은 없잖아. 우리나라에서 최고인 서울대학을 그것도 장학생으로 다니고 있는데 뭐가 걱정이야? 과부인 네가 걱정이지. 사람이 놀면 근심만 늘고 못써. 나랑 같이 보험회사에 한 번 다녀볼래?"

"고맙다 친구야. 그래 나갈게. 내가 오늘 천사를 만났구나. 내일 당장 나갈게."

벌써 열두 번째 입사하는 직장이다. 설송은 거울 앞에 선다.

'세상은 무대요 인생은 쇼라는데, 내 인생에 비극의 주인공은 되지 말자. 절대 천박하게 무능하게 살지는 말자. 그래 다시 한 번 새롭게 시작해보는 거야.'

쇼윈도에 서서 검은 정장과 윤기나게 닦은 신발 매무새를 비춰보며 마음속으로 파이팅을 외친다. 석금이 가르쳐준 사무실을 찾아갔는데 경리로 보인 앳된 아가씨만 나와 있다.

"윤석금씨 소개로 왔는데요."

"아 네, 좀 기다리세요. 출근 시간은 열 시인데 보통 열 시 반이 되어서야 나오세요."

설송은 소파에 앉아 책을 펼쳐보지만 글자는 눈에 들어오지 않고 지금까지 다녔던 직장생활들이 파노라마로 펼쳐진다. 하루 종일 서서 다림질을 하고 손이 부르틀 만큼 가위질을 하던 봉재회사, 전단지를 부치느라 다리가 퉁퉁 부어서 겨우 하루 일하고 포기했던 때가 다시금 떠오른다. 과연 보험 일은 잘할 수 있을까 걱정이 앞선다. 그렇지만 이제는 물러설 곳이 없다. 잘할 수 있을 거라고 스스로에게 최면을 걸어본다.

직원들이 하나 둘씩 출근하더니 어느새 자리가 꽉 차고 나서 소장의 아침 조회가 시작되었다.

"오늘 새로 오신 분들은 내일 노량진 교육장에서 일주일간 교육을 받고 시험에 통과하셔야 합니다."

설송은 다음 날 각기 다른 영업소에서 온 4~50명의 교육생들과 공부를 하고 시험에 통과한 후 당당한 보험설계사가 되었다. 그리고 보험 상품 안내서를 들고 석금과 영등포시장으로 나간다. 석금이 고객을 만나서 십 년 동안만 보험료를 내고 육십 세까지 보장을 받는다는 설명을 자세하게 한다.

"아이고! 보험 넣다가 해약하면 손해나는 거잖아요. 싫어요!"

"사람이 살다 보면 언제 무슨 일이 생길 줄 모르잖아요. 그래도 남는 것은 보험밖에 없어요. 자식보다 든든한 노후대책은 보험이에요."

한 사십여 분 설명을 듣던 옷가게 아주머니가 청약서를 쓰려다 말고 보험료가 비싸다며 머뭇거리자 석금이 다시 설득에 들어간다.

"아닐걸요? 나중에 보험료 탈 때는 그때 왜 싼 것으로 권했느냐고 말할 걸요."

석금이 간신히 청약서를 한 장 받아 귀사를 한다.

설송은 그날 밤 보험 일이 만만한 게 아니라는 생각이 든다. 누구를 찾아가야 하나 밤새 궁리한 끝에 고향 친구 승미를 떠올린다.

다음 날 설송은 승미를 찾아간다. 승미는 설송을 믿는다며 한

건을 성사시켜주더니 줄줄이 주변 사람들도 소개해준다. 날마다 승미네 집을 출근하듯 다니니 여러 명이 보험에 가입하였다.

어느덧 한 달이 지나갔다. 아침 조회 때 소장이 발표를 한다.

"이 달 우리 윤중로 지점이 일등을 했어요. 이것은 설 여사님 덕분입니다. 설 여사님께 우리 모두 박수 한번 보내드립시다."

일 년 동안 계속 지점에서 설송이 일등 자리를 놓치지 않고 주임 발령을 받은 지도 어느덧 3년차로 접어든 조회 시간이다.

"여러분! 설 여사님이 이번에 전국에서 일등을 하시고 승용차를 부상으로 받으셨습니다. 저는 입사 이후 설 여사님이 일등을 놓치지 않는 이유가 자신에게 계속 투자를 했기 때문이라고 봅니다. 보험은 자기를 파는 것입니다. 그동안 지켜본 여사님은 참으로 부지런하세요. 삼 년 동안 하루도 빠지지 않고 맨 먼저 출근을 하셔서 꼭 책을 읽으십니다. 여러분도 책도 좀 읽고 자신들을 가꾸세요. 그러면 자신감도 생기고 고객을 대할 때도 신임을 얻게 됩니다. 사람에겐 각자 향기가 있는데 설 여사님은 정말 멋있고 우아하세요. 여러분! 우리가 모르는 사람과 첫 대면 후 첫인상을 결정하는 시간이 얼마나 걸리는 줄 아십니까?"

"글쎄요?"

"얼마나 걸릴지 생각해보세요!"

"한 십 분?"

"놀라지 마십시오. 삼 초면 그 사람의 내면까지 파악할 수 있다고 합니다. 우리는 사람들을 만날 때 그 이미지에 맞는 별명도 부르지요. 설 여사님은 멋진 별명도 많이 들으신다고 합니다. 여러분은 누구에게 무슨 별명을 듣고 다니십니까? 부디 좋은 별명을 듣는 여사님들 되시고 보험도 잘 팔아 부자들 되시기 바랍니다."

조회가 끝나자 설송 곁으로 우르르 사원들이 몰려든다. 비결을 가르쳐달라, 승용차도 탔으니 한턱내라는 동료들의 성화가 이만저만이 아니었다.

"좋아요! 오늘 일 끝내면 국장님과 소장님도 모시고 즐거운 밤으로 장식해봅시다."

"자, 이제 보험 팔러 나갑시다.

♥

발산동 아파트 상가 3층 건물 앞에 승용차를 세우고 독서실 문을 밀고 들어가면서 오늘도 설송은 기도를 한다.

'하나님, 행운이 따르게 하소서.'

"보험회사에서 나왔습니다. 좋은 상품이 있는데요."

"관심 없어요. 독서실도 팔려고 내놓은걸요."

"아니, 왜요? 저, 잠깐 구경 좀 해도 되나요? 그런데 이 독서실 얼마에 내놓았어요?"

"보증금 이백하고 월세가 삼십만 원이에요."

열람실을 둘러보며 설송은 이곳에서 새롭게 뿌리를 내리고 싶다는 생각을 가져본다. 남의 눈치 안 보고 낯선 사람들에게 발품 팔며 얼굴을 팔러 다니지 않아도 되고, 무엇보다 훨씬 생활이 안정

될 것 같았다. 게다가 공부하기를 좋아하는 설송에게는 학생들 공부하는 모습을 바라보는 것만으로도 너무나 행복한 일이 될 것 같다. 설송은 이런저런 생각으로 시간이 지루한 줄도 모르고 있었다. 독서실 주인은 얼굴을 갸우뚱거리며 전화로 실장을 부른다.

설송은 기다리는 동안에 돈 계산을 해본다. 백만 원은 자신에게 있고, 나머지 백만 원은 누구한테 빌릴까 고민을 한다. 오빠한테 말을 하자니 한집에서 사는 것만으로도 미안한데…… 고향집 대식 엄마에게 말을 하자니 식량을 계속 잊지 않고 보내주는데…… 어떻게 해야 하나? 석금에게 말을 하자니 입이 안 떨어지고…… 설송이 걱정을 하고 있는데 독서실 실장이 들어온다.

"안녕하세요? 어서 오세요. 하루 종일 사무실을 지키는 것이 제가 적성에 안 맞아서 그만하려고요."

설송은 두말할 필요 없이 백만 원을 계약금으로 내고 사무실에 사표를 냈다. 동료들과 석금은 설송에게 딱 어울리는 직업이라고 부러워하며 그날 밤 설송을 위한 축하의 밤을 열어준다.

보험회사에서 일등한 것과 독서실 실장이 된다는 겹경사를 축하해주는 동료들과의 즐거운 파티는 무르익고 급기야 2차로 노래방까지 이어졌다. 술도 못하고 집으로 도망갈 수도 없었지만 설송의 마음은 흡족했다. 고목에 꽃이 피어나고, 마른 나무에 새잎이 나고 물고기가 물을 만난 듯 꿈같은 일이 이루어졌다고 확신한다.

이 세상 모든 것이 아름답게만 보이는 설송은 간간히 '꽃밭에 앉아서'를 부르며 분위기를 맞춘다. 그동안 오뚝이 같은 인생살이, 칠전팔기의 정신으로 버텨낸 보상으로 즐겁고 행복한 밤을 장식을 하고 있다.

다음 날은 마침 일요일이어서 설송의 말을 들은 설국이 돈 걱정은 하지 말라며 함께 가서 한남독서실 계약을 한다.

13막

남편 생각

1994년 6월18일 한남독서실을 계약한 후 설송은 계약서를 비닐로 싸서 족보와 함께 장롱 깊숙이 보관하며 훗날 가보로 물려주리라 생각해본다. 다음 날 아침에도 눈을 뜨나 감으나, 늘상 하던 습관처럼 절로 입에서 감사 기도가 흘러나온다.

'하나님! 감사합니다. 제 인생에 주신 마지막 선물이라고 생각합니다. 반드시 성공하겠습니다. 성공할 내 인생의 첫걸음이 지금이라고 생각합니다. 성철이 아빠도 정년퇴직하면 돌아와서 함께 운영하면 얼마나 좋을까요. 하나님! 꼭 그런 날이 오게 도와주십시오. 제 인생이 끝나는 날까지 이 일터를 축복해주시고 함께하여 주십시오.'

설송은 아침을 서둘러 먹고 물 만난 물고기처럼 독서실 앞에 차를 세우고 첫 출근을 한다. 열람실 관련 서류 장부를 확인하고 나서 둘러보니 빈 좌석 하나 없이 만석인 것이 희망을 갖게 한다. 직원들과 함께 보일러 등을 점검하고 고장이 날 때는 독서실 쉬는 월요일에 작업을 해야 한다고 지시한다. 이력서를 통해서 총무 경수의 부모가 살아 있지 않다는 것을 본 설송은 늘 풀이 죽어 있는 경수를 부른다.

"경수 총무님! 우리 한 가족처럼 지내요. 이제부터 나를 엄마처럼 생각해요. 숙식은 독서실에서 해결하고요. 공부도 열심히 해서 꼭 공무원 시험에 합격하길 바라요."

"감사합니다! 원장님이 바뀌면 혹시나 직장을 잃게 되는 건 아닌가 걱정했는데……. 정말 감사합니다. 참, 수미 간사도 부모님이 안 계셔서 지금 어려운 처지에 있는 언니네 집에서 지내요."

설송은 실장 방으로 수미 간사를 불러낸다.

"수미 간사님! 우리 서로 한 가족처럼 지내요. 오늘부터 나를 엄마라고 불러요. 나도 딸처럼 생각할게요. 우리 잘 지내봐요."

총무 경수와 간사 수미는 연신 감사하다고 인사를 한다.

"저…… 실장님을 진짜로 엄마라고 불러도 돼요?"

"그럼. 나도 아들이 하나라 외로웠는데 잘된 거지."

"그런데 바깥 사장님은요? 독서실에 안 나오시나요?"

"아, 사장님은 시골 중학교 교사라서 이곳에 오기 어려워요."

"앞으로 열람실 관리하면서 공부도 열심히들 해요. 나도 공부하려고 해요. 두고 봐요. 자, 그럼 우리 사무실하고 열람실 환경을 좀 바꿔볼까요? 총무님, 우선 열람실 문마다 '정숙'이라고 붙이고 '노력', '성실', '근면', '성공' 표어를 붙이세요. 그리고 '예쁜 맘씨, 예쁜 말씨, 예쁜 몸씨' 이 족자는 복도 맨 앞에 붙이고 '꿈을 이루자'는 사무실 앞에, 사무실 벽 중앙에 시계를 걸고 그 아래는 달력을 걸고 그 옆에는 거울을 거세요."

총무 경수가 거울을 들고 걸기를 좀 머뭇거린다. 설송은 거울을 받아서 총무에게 말한다.

"여기 이렇게 걸면 되겠지요. 어때, 좋지요? 교도소에는 달력도 거울도 없어요. 사람이 머무는 곳에는 반드시 달력하고 거울, 시계가 있어야지요."

얼추 정리를 끝낸 설송은 사무실 책상에 앉아 시계 옆에 생활계획표를 붙이고 성철이 컴퓨터로 만들어준 광고지를 챙긴다. 주변 아파트 우편함에 기도하는 마음으로 전단지를 넣고 돌아오는 길에 독서실 간판을 물끄러미 바라본다. 독서실 간판을 걸고 독서실 실장이 되었다는 현실이 정말 꿈만 같았다.

설송은 자꾸 눈물이 흐른다. 남편이 돌아오지 않아도, 시부모 두 분이 세상을 떠난 후에도, 서울에 와서 밑바닥을 헤매면서도 모든 것을 자신의 운명이라 생각하고 살았는데 왜 눈물이 나는지 알 수가 없다. 앞으로 펼쳐질 새로운 무대에서 소망을 이루고 멋있고 행복한 인생의 당당한 주인공이 될 수 있다는 확신에 찬 기쁨의 눈물일 거라고 스스로를 다독여본다. 밤 열한 시에 우유와 건빵을 열람실 직원에게 챙겨주고, 새벽 세 시가 되면 학생들을 귀가시키고 옥상에 올라 독서실 간판을 내려다보는 순간에는 더욱 가슴이 뻐근해진다. 퇴근길 집에 이르러 대문 앞에서 문패를 쳐다보며 나지막이 남편의 이름을 부른다.

"아빠! 만날 날이 점점 가까워지는 것 맞죠?"

아빠 찾아 삼만 리처럼 걷고 또 걸어도 끝이 보이지 않아 헤매던 인생, 설송은 릴케의 '주어진 길에 순종할 줄 알며 경건한 자세로 기도할 줄 아는 여인으로 살게 하여주십시오'라는 시 구절을 좌우명 삼아 생의 새로운 봄날을 맞으며 살고 싶었다. 외우고 또 외우며 바람에 꺾이지 않으려 살았더니 이제는 연꽃처럼 진흙탕 속에서도 삶의 아름다움을 잃지 않을 자신이 생긴다. 부디 이 시의 주인공처럼 살 수 있기를 기도해본다.

설송은 매일같이 남편이 앞에 있는 것처럼 말하며 살려고 문패를 걸었는데 그동안은 부끄러운 일뿐이라 할 말도 없었다. 그러나 독서실을 연 후로는 할 말이 자꾸 생긴다. 오늘도 설송은 출근길에 마음속으로 남편에게 성철이 자랑을 한다.

"고등학교부터 대학까지 쭉 장학생으로 다닌 우리 성철이가 미국으로 유학을 가요. 그것도 장학금으로요. 잘 컸죠? 아빠! 아직도 난 우리가 만날 날이 머지않았다 믿고 당신을 기다립니다. 당신 꼭 오실 거죠? 결혼 첫날밤 당신의 체취를 난 아직도 기억하고 있답니다."

2000년이 시작되었다.

텔레비전에서는 가족 연인끼리 각기 다른 새해맞이 풍경을 소개하고 있고, 새로운 천년이 시작된 까닭에 지구촌 세계의 다양한 풍경, 천연색 웃음들이 여느 때보다 더 화려하다.

설송은 매년 12월 31일이면 종각에서 울리는 서른세 번의 타종 장면을 꼭 현장에서 챙겨봤었다. 타종 소리를 들으며 가는 해를 돌아보고 새해 계획을 다지고 성철이가 때마다 보내준 생일 축하 편지와 앨범을 꺼내본다. 국민학교부터 대학교까지 성철의 앨범과 졸업장 그리고 상장을 다시 꺼내 읽으면 정말 장하고 대견하고 고맙기만 하였다. 남들 다 겪는다는 사춘기도 겪지 않고, 아버지 한 번 찾지 않고 잘도 살아준 성철이 의젓한 성년이 되었던 것이다.

오늘은 박사 과정을 밟기 위해 미국 하버드대학으로 유학길에 오르는 성철을 인천공항에서 배웅을 한다.

"성철아, 엄마 걱정 말고 최선을 다하고 돌아오렴."

"네, 엄마도 제 걱정은 마시고 독서실 운영 잘하시고 건강하게 잘 계세요. 전화 자주 드릴게요."

설송은 운전을 하며 집으로 돌아오는 길에 떠나는 아들에게 마음의 편지를 띄운다.

성철아, 그동안 고생 많았다. 네가 얼마나 고마운지…… 우선 하나님께 감사드리자. 박사 학위만 받으면 더 탄탄대로의 문이 열리니 힘들더라도 잘 견디어라. 그리고 아빠도 만나봐야지. 너는 미국으로 떠나지만 나의 눈에서, 마음에서 쉬이 사라지지 않는구나. 그래, 이제 돌아오면 결혼도 하고, 아빠도 만나서 남부럽지 않게 행복하게 살아보자.

요즘 설송은 인천국제공항 출근부에 도장을 찍듯 간다. 오늘은 조카 상훈이가 중국으로 유학을 가는데, 직장 때문에 시간 내기 힘든 오빠와 올케를 대신해서 배웅 길에 오른다.

저녁 밥상에서 설국이 입을 뗀다.

"송이야, 고맙다! 너 덕분에 편하게 출국할 수 있었다고 상훈이가 전화를 했다."

"아이고! 오빠 언니는 별말씀을 다 하세요. 얼마나 기쁜 일이에요? 상훈이도 돌아오면 중국어 교수가 된다면서요? 미래의 교수님을 배웅한 제가 오히려 영광이구만……."

"그래, 영광이다. 하하하!"

설국의 대답에 올케가 거든다.

"그래도 성철이만 하려고요? 성철이는 고등학생 때부터 장학금으로 공부했잖아요?"

"아니, 나는 돈이 없으니까 하나님이 보내주는 것 아녀요. 암튼 우리는 이제 고생 끝, 행복 시작이에요."

설송은 행복의 문 앞에 서 있음을 온몸으로 느낀다. 성철을 유학 보내고 나니 성은과 성민이 생각이 난다. 갑자기 강현자에 대한 미움이 치솟는다.

'한번 쫓아가서 머리채 붙들고 싸워 끊어놓을까? 집으로 쫓아가서 온 집안을 다 부숴버릴까? 학교로 찾아가서 다 고발을 해버려? 아니면 집에 불을 확⋯⋯.'

설송은 별의별 생각을 다 해봤지만 남편의 장래를 위해서 참고 또 참는다.

'그쪽은 정말 쳐다보기도 싫었는데 참, 나도 내 맘을 모르겠다. 이것이 가족이라는 것일까? 그냥 싸우지 않으면 이긴다는 생각으로 살았는데 애들에게는 자꾸 신경이 써지니, 원⋯⋯.'

이미 물은 엎어졌는데 어찌 주워 담을 것인가. 모든 것이 운명이라 생각하며 살아왔는데 요즘은 가끔씩 공부하러 오는 여학생들을 보면 설송의 머릿속이 온통 헝클어진다.

'성은이 성민이도 대학을 갔을 텐데.'

14막

수녀 학교

작년에는 성은이 수녀원을 가더니 올해는 성민이가 언니의 뒤를 이어서 수녀원에 간다고 한다. 성은 엄마와 태수 엄마는 함께 신길동에 있는 수녀원까지 성민을 데려다주고 집으로 돌아오는 길에 서로 생각을 나눈다. 태수 엄마가 착잡해진 마음으로 성은 엄마를 쳐다본다.

"엄마들의 마음인 것 같아요. 다 큰 자식들이 알아서 앞길을 개척해나갈 것인데 왜 엄마들은 자식들이 꼭 물가에 내놓은 아이들처럼 잘해도 못해도 마음이 불안한지, 원……."

"그래도 애들이 생각을 잘한 것 같아요. 항상 수녀님들 보면 달리 보이고 부러웠는데 어떻게 둘이 같은 생각을 했는지……."

"글쎄요, 지들끼리는 예전부터 약속했었나 봐요."

"내일은 우리 태수도 사제가 된다고 가톨릭대학교에 입학을 한다니 함께 가줘야 해요."

"그래요. 우린 참 행복하네요. 아이들이 모두 성직자가 된다 하니 우리가 덩달아 성스러워진 것 같아요."

태수가 신부학교에 입학하는 날 성은 엄마가 동행한다. 성은 엄마의 얕은 한숨이 허공에 날린다.

"사실 두 녀석 모두 평생 수녀복 입을 생각을 하면 어떨 땐 마음이 좀 복잡해지기도 해요."

"아이고! 다른 사람이라면 몰라도 성은이랑 성민이는 걱정도 마세요. 타고난 성품이나 모습이 딱 수녀님이에요. 둘 다 선택받은 딸들이잖아요. 직분을 잘 수행하는 멋있는 수녀님들이 될 거예요. 사실 나는 성은이가 우리 태수하고 결혼하면 좋겠다고 욕심낸 적이 있었는데……."

"나도 속으로는 성은이가 태수하고 결혼했으면 좋겠다고 생각한 적 있었어요. 그래도 하나님 부르심을 받은 아이들이니 어쩌겠어요? 우리가 할 수 있는 일은 기도 밖에 없네요."

"이제 구 개월간의 청원 자격 마치고 까만 수녀복을 입으면 수습기간 이 년 동안 잘 지켜야 한다는데……."

"아이고! 성민 엄마는 무슨 걱정을……."

"걱정은 안 하지만 마음이 그렇게 가볍지만은 않아요. 성은이는 일 년만 더 교육받으면 평생 수녀의 책무를 감당할 최종 서약서를 받고 수녀복도 새로 나온다고 하더라고요."

"우리 함께 성당에 나가요."

"그래야지요. 우리가 자식들을 따라야지 어쩌겠어요?"

"그래요. 별도리가 없어요."

15막

스펙 쌓기

미국에서 성철이 전화가 온다.

"그래, 엄마다. 성철아, 학교생활도 잘하고 하루 세끼도 잘 챙겨 먹고 있지? 밥이 보약이야."

"제 걱정은 안 하셔도 돼요. 엄마도 즐겁게 잘 지내고 계시죠? 독서실도 잘되고요?"

"응, 우리 독서실은 항상 만석이야. 그런데 니가 보고 싶어 어쩌지?"

"저도 엄마 보고 싶어요. 제가 미국에 있을 때 여행 삼아 한번 다녀가세요."

설송은 수화기 건너 성철의 목소리를 들으니 마주 볼 수 없는 아들이 더욱 그립기만 하였다. 허전해진 마음을 달래려 라디오를 듣다가 설송은 아들을 보고 싶은 마음을 적어 방송국에 보낸다.

안녕하세요? 하나밖에 없는 아들을 미국으로 유학을 보내놓고 그 자식이 그리운 마음에 펜을 들어봅니다. 저는 아들과 두 번 이별을 했습니다. 첫 번째는 방위로 복무하느라 6개월을 떠났을 때, 두 번째는 외국으로 유학을 보낸 지금입니다. 그런데 보낼 때마다 가슴이 찢어지듯 아픈 건 어찌해야 할까요? 엄마의 마음이란 무엇일까요? 자식이 눈에 보이지 않으면 죽도록 아픈 마음은 엄마의 숙명이 아닐까 생각합니다. 자식이 눈에 보이지 않으면 가슴은 천 갈래 만 갈래로 찢어지는 듯하고, 스물네 시간도 부족하여 꿈에서도 마음은 온통 자식에게로만 향하는 까닭은 무슨 이유일까요? 엄마라는 이름으로는 사표도 낼 수 없고요, 이 방송을 듣고 계시는 청취자 분들 중에도 아들이 군대에 가고, 딸이 결혼을 하고, 유학을 가서 사랑하는 자녀들과 헤어짐에 애가 타고 가슴 아프지 않으신지요? 자식과 헤어진 날이 하루나, 일 년이나, 십 년이나 왜 그 아픔의 무게가 같을까요? 혹 눈에 보이지 않은 자녀들이 있어도 마음 아파하지 마세요. 아파서 미치면 어떡합니까? 아파서 죽으면 어떡합니까? 웃으며 기다립시다. 엄마의 자리는 사표 낼 수 없으니까요, 돌아올 내 자식에게 언제나 그 자리를 지키고 있는 엄마의 의연함을 보여줍시다.

요즘 세상이 달라져서 결혼도 하지 않고 혼자서 사는 자식들 때문에 엄마들이 우울증에 걸리고, 치매에 걸려 자식이 찾아오면 몰라본다고 합니다. 우리 청취자 분들은 시대를 잘 파악하고 잘 적응해서 건강하게 살았으면 하는 바람으로 펜을 들었습니다. 하하하, 우리 모두 웃으며 보고 싶은 자녀들을 기다립시다.

열흘 후 S방송국에서 전화가 오고 낭랑한 목소리가 라디오 전파를 탄다.

"설송 님은 참으로 알뜰하신 분입니다. 원고지 아래 빈칸을 자로 줄을 쳐서 글을 써 보내주셨어요. 엄마들 마음이란 다 똑같을 것입니다. 품 안의 자식과 이별에 대한 그리운 마음을 잘 들려주셨습니다. 감사합니다. 상품으로 전기밥솥과 5월 첫째 일요일 서울대공원 입장권 다섯 장을 보내드리겠습니다. 이날은 가정의 달 특별 공연과 백일장도 있으니 꼭 참석하셔서 좋은 결과 거머쥐시기 바랍니다."

같이 사연을 듣던 경수와 수미가 엄지를 들어 올린다.

"원장님, 참 신기해요. 방송국에 보낸 편지를 읽어준 것을 직접 들은 것은 처음이에요."

"입장권 오면 대공원에 우리도 데려가주실 거죠?"

"그래, 나도 처음이야. 듣고 있으면 별별 사연들 다 읽어주기에 보내봤더니 선정이 됐네. 참 재밌다."

며칠 후 방송국에서 전기밥솥과 서울대공원 입장권이 도착하여 대공원 입장권 세 장을 들고 경수가 운전을 하게 하여 출발하였다. 독서실 쉬는 월요일이 아닌데도 큰마음 먹고 하루 쉬기로 하고 일요일 설송은 경수, 수미와 대공원에 도착하였다. 벌써 야외 무대에서 시작된 가수들의 노랫소리처럼 5월 하늘이 더욱 맑고 잔치 분위기는 푸르게 익어간다. 설송은 원고지와 펜을 받아서 '뿌리'라는 제목으로 글을 쓴다.

대공원에 온갖 꽃들 만발이다.

뿌리는 꽃을 피우고

꽃은 씨앗을 머금고

씨앗은 또 다시 뿌리를 버리는구나.

원숭이 새끼는 어미젖을 먹으면서 뿌리를 버리고,

공작 새끼는 어미 따라 멋진 날개를 활짝 펴며

뿌리를 버린다

　

설송은 글을 써낸 후 야외 무대에서 공연 관람 중인 경수, 수미와 함께 놀이기구를 타며 즐거운 시간을 보낸다. 놀이기구가 빙빙 돌아 한 바퀴 되돌아올 때마다 경수는 타이머를 맞추어서 사진을 찍는다. 설송과 수미는 V 자를 그리며 동심으로 돌아가 웃음으로 하루를 보내고 집으로 향하였다.

설송은 한 달 두 달 성철이 보고 싶어서 애를 태운다. 하지만 그리운 마음은 애를 써보아도 좀처럼 사그라지지 않는다.

설송에게는 성철이 미국으로 떠난 뒤 새로운 습관이 생겼다. 라디오를 머리맡에 두고 듣다 잠들고, 깨면 다시 라디오를 들으며 스물네 시간을 산다. 이제 설송은 라디오를 학교라고 말한다. 사회 분야별로 정치, 경제, 문화, 의학 정보를 들으며 메모를 하고 공부를 하는 라디오학교가 최고라고 생각하며, 때로는 소개되는 사연을 들으며 함께 눈물도 나누고 웃음도 나누며 위로를 받는다. 라디오는 가족이고 친구라 생각한다. 오늘도 어느 엄마의 사연에 마음이 아프다.

아들이 대기업에 취직이 되어 4주간 연수에 들어갔는데 IMF의 여파로 연수 3주차에 그만 집으로 돌아왔습니다. 첫 출근하는 날 입히려고 새로 산 양복과 와이셔츠, 넥타이 그리고 구두를 볼 때마다 가슴이 터져 나갈 듯이 답답하고 안타깝고 마음이 아픕니다. 일주일만 지나면 ㄴ기업 신입사원이 될 수 있었는데, 감원 대상이 되어 일 년 후에 오라는 명령을 받고 집으로 온 아들을 차마 볼 수가 없습니다. 아빠 없이 잘 자라준 금쪽같은 내 새끼, 공부를 잘해서 졸업도 하기 전에 취직이 되어서 세상 걱정이 없었는데 이렇게 청천병력 같은 일이 생길 수가 있단 말입니까? 나는 거울 앞에서 '에끼, 복 없는 년아!' 하며 나의 뺨을 한차례 때렸습니다. 내가 미쳤나 하는 두려움도 생깁니다. 그러나 아무리 생각을 해봐도 내가 복이 없어 내 자식 또한 복을 못 받는 것이 아닌가 하는 두려움에 다시 내 뺨을 두 번이나 더 때렸습니다. 그런 내 아들이 아직까지 취직을 못하고 있으니 내 마음을 어디에다 하소연을 합니까?

라디오를 듣고 있던 설송도 사연 속 엄마의 마음이 고스란히 느껴져 훌쩍인다. IMF로 나라가 큰 위기에 빠져 대기업까지 부도율이 높아지면서 노숙자라는 신종 거지가 늘어나고 있다는 것이다. 하루아침에 빚쟁이들에게 쫓거나 자기 집과 가족을 잃은 사람들, 회사가 사라져버리는 바람에 월급봉투 대신 역에서 한뎃잠을 자며 노숙자라는 이름표를 가슴속에 단다. 행여 나라가 송두리째 망할까 국민들이 장롱 깊숙이 숨겨둔 아이 돌 반지까지 내놓아 나라는 부도 위험을 겨우 막았다지만 늘어나는 노숙자들은 어떻게 줄여야 할지 정부도 별다른 대책이 없다. 설송은 정말 안타까운 일이라고 생각하고, 그런 안타가운 마음을 적어 방송국에 글을 보냈더니 일주일 후 방송국에서 또 전화가 왔다.

"또 읽어준대요. 엄마, 정말로 부러워요."

"수미야, 너도 한번 써서 보내봐."

"아휴! 제가 어떻게…… 못 써요. 글은 아무나 쓰나요?"

"라디오를 잘 들어봐. 남이 쓴 글을 들으면 너도 쓸 거리가 떠오를 거야."

"이번엔 상품이 뭐예요?"

"라디오를 보내준다는구나."

설송은 사무실에서 그냥 멍하게 앉아 있는 법이 없다. 학생들에게 열심히 공부해야겠다는 본을 보이려는 마음으로 허리를 꼿꼿하게 세우고 앉아 라디오를 듣고, 글을 쓰고, 신문을 본다. 간혹 TV 시청을 할 때조차 EBS 교육채널만 본다.

삼사 라디오 방송국에 글을 써서 보내기만 하면 모두 선정되고 선물도 받자 자신감을 얻은 설송은 잊고 있었던 작가가 되겠다는 꿈을 현실로 이루고자 다짐하고, 이번엔 자식을 떠나보내는 어미 심정을 '둥지'라는 시로 적어 보낸다.

새끼 새를 날려 보낸 어미 새는

날마다 새끼 새가 날아오기를 기다리는데

둥지 떠난 새끼 새는

자기 살 둥지 짓느라 아무 생각 하지 못하고

자기가 살 둥지가 완성이 돼서야

어미 둥지가 생각나서

어미 둥지를 찾아가 보니

어미 새는 간 곳 몰라라

아마도 어미 새는 먼 하늘나라로

며칠 후 이번에는 김주아 아나운서가 설송의 글을 읽어주며 용기를 주었다.

"설송 님은 일 년 동안 국어사전 한 권을 외우시겠다고 약속 하셨는데 꼭 해내실 것이라 믿습니다."

오늘은 M본부 최○○ 아나운서가 마지막 방송을 알리며 서운한 인사말을 한다.

"그동안 제 프로그램을 사랑해주시고 글을 보내주신 여러분께 아쉽게도 작별 인사를 드리게 되었습니다. 그동안 여러분이 보내주신 사연을 통해 제가 큰 인생 공부를 한 것 같습니다. 특히 설송 님 같이 훌륭한 분이 계셨기에 저의 프로가 많은 사랑을 받지 않았는지 다시 한 번 생각해봅니다. 설송 님, 비록 제 개인 사정으로 이자리를 떠나지만 오래도록 잊지 않겠습니다. 감사합니다. 건강하십시오."

이번에는 K 방송국에서 녹음방송을 하자고 전화가 왔다. 설송은 방송국에 도착해서 주민등록증을 내고 방문자 이름표를 목에 걸었다. 스튜디오에 도착하여 설송이 채택된 글을 또박또박 읽어 내린다. 혼자서 아들 생각, 남편 생각을 하면서 눈물로 하루하루를 살아갈 것 같았는데, 독서실을 운영하게 되면서 방송국에 편지를 보내고 선물도 받으며 외로움도 잊고 행복하게 살아간다고 말한다. 설송은 독서실이 적성에 잘 맞나 보다며 한○○ 아나운서로부터 글도 잘 쓰시고 말씀도 잘하시고 멋쟁이라는 칭찬과 함께 상품권을 선물로 받았다.

설송은 수미와 함께 방송국에서 받은 상품권으로 미역, 다시마, 멸치와 김을 샀다. 돌아오는 길에 수미의 목소리에 부러움이 가득하다.

"엄마, 저도 방송국에 글을 보내고 싶어졌어요. 저도 될까요?"

"그래. 너도 한번 보내보라니까. 너도 글쓰기 좋아하잖아. 선정되면 얼마나 기쁜데. 그리고 이렇게 수입도 쏠쏠하잖니? 무엇보다 참 재밌어."

며칠 후 수미가 수줍게 내민 쪽지에는 '초'라는 제목의 시 한 편이 쓰여 있다.

산다는 것이

곧

죽어 없어짐이라도

어두움이

먹어 치운 어둠이라면

내

죽기를 거부치 않으리라

"어머! 수미야. 너무 좋다. 이 시 보내면 읽어주겠다. 내가 보내줄게. 그리고 이 시는 액자로 만들어서 저기 시간표 옆에다 걸어놓자. 나는 이렇게 감동적인 시는 못 써봤는데 너무나 멋지다."

"호호호! 그러면 부쳐주세요."

"응, 지금 바로 우체국에 가서 부치고 올게."

수미의 얼굴에는 부끄러우면서도 기쁜 기색이 역력하다. 여름방학이 시작되고 설송은 경수와 수미를 부른다.

"총무님들, 나 칠 월 이십 일 목요일부터 삼박 사일간 백담사에서 열리는 만해시인학교에 참여하려고 신청했어. 그동안 열람실 잘 관리하고 있어. 열한 시에 학생들 간식 줄 때도 같은 한가지로만 주지 말고 매일 바꾸어서 잘 챙겨주고, 오늘처럼 더울 때는 뭐니 뭐니 해도 아이스크림이 제일 낫겠지? 열두 시부터는 잠자는 학생들도 잘 깨어줄 수 있지?"

"네, 걱정 말고 다녀오세요. 늘 하던 대로 하면 되잖아요."

"그래. 너희들만 믿고 다녀오마."

설송은 어젯밤 꾸려놓은 가방을 들고 귀에는 영어 테이프를 듣기 위해 이어폰을 꼽고 새벽 첫 전철을 타고 동서울역으로 가서 백담사행 버스에 오른다. 인제역에서 다시 꼬불꼬불 산길을 셔틀버스로 삼십 분 정도 더 들어가자 백담사 현판이 보인다. 작은 나이아가라 폭포처럼 흐르는 징검다리를 지나 행사 진행부에서 내준 '소나무반-설송' 이름표를 목에 건다. 드디어 작가의 꿈을 이루는 첫걸음을 뗀 것이다.

전국에서 모인 백여 명의 사람들이 한자리에서 점심을 먹고 팀별로 선생을 따라 사찰 곳곳을 구경했다. 저녁 식사 후 이층 강당에 모여 자기소개와 시 한 편씩을 낭송하며 본격적인 일정이 시작되었다. 자작시나 애송시를 읽으면 되는데 설송은 자작시 '엄마의 방'을 낭송한다.

엄마의 방에는 엄마가 없다
엄마의 방은 지붕 위에 있다
엄마의 방은 가로등 불빛에 있다
엄마의 방에는 엄마가 없다
엄마의 방은 창문 밖 멀리에 있다
엄마의 방은 산 너머 석양에도 있다
엄마의 방에는 엄마가 없다
엄마의 방은 어두운 밤하늘 달빛에도 있다
엄마는 방에서 잠이 들 때도 마음에 불은 끄지 않는다

낭송이 끝나자 우레와 같은 박수갈채를 받았다.

"어머! 시인이시죠? 책도 내셨어요?"

"아닙니다. 시집을 내려고 준비 중입니다."

두 번째 날 오전에는 조정래 소설가와 신달자 시인의 강의를 들었다. 설송은 심포지엄 시간에는 말 잘 듣는 국민학교 1학년생처럼 똑바로 앉아서 꼼꼼하게 필기를 하였다. 더러 다른 사람들은 졸기도 하고 강당 밖으로 나가는 사람들도 있지만, 설송이 국민학교 졸업 후 처음으로 공부하는 시간이다. 더구나 가장 좋아하는 시를 공부하기에 강사의 말을 한마디라도 놓칠세라 정성껏 듣는다. 오후에는 신경림 시인과 이근배 작가의 강의가 이어졌다.

"시를 쓰는 요령 몇 가지만 기억하세요. 첫 번째, 시의 제목은 신이 준다. 두 번째, 글이 리듬을 타야 한다. 세 번째, 글 속에 내가 있어야 한다. 네 번째, 글 속에 혼이 있어야 한다. 다섯 번째, 꼬리가 길면 잡힌다."

모두들 동심으로 돌아가 이름표를 달고 함께 식사를 하며 강의를 듣기도 한다. 어디선가 웃음이 흩날린다, 하하하! 강의가 끝나고 노래방으로 모두 몰려간다. 설송은 가곡집과 라디오를 스승 삼아 배우던 제일 좋아하는 '보리밭'과 '비목', '그네', '달밤', '꽃밭에서' 등을 차례로 부른다. 기계가 잘못된 것인지 부르는 곡마다 백점 만점이 나오는 것이 아닌가? 일행들이 제가 노래를 부른 것처럼 호들갑이다.

"어머, 집에서 노래만 부르세요? 가수신가? 시인인 줄 알았더니 음악선생님이신가요?"

"모자를 멋지게 쓴 여인 한 분이 우리들의 기를 팍팍 죽이네요. 참 멋있으세요."

박수갈채와 몇 차례 앙코르를 받으며 산사의 밤이 깊어만 갔다.

숙소로 돌아오는 길에 이십여 명의 일행은 다리 위에서 한적한 달빛을 친구 삼아 참새처럼 이야기꽃을 피운다. 이 시간을 잊지 말고 오래도록 추억하고 연락하고 지내자며 전화번호를 나누고 앞으로 시집을 내면 서로 보내주기로 약속도 한다. 강원도에서 온 문부자 선생, 충청도에서 온 김인규 선생, 전라도에서 온 이말순 아줌마나 경상도에서 온 김연주 선생도 이 순간을 멋있고 행복한 시간으로 만들어 마음속에 간직하다가 세상 살 맛이 없어질 때 꺼내 볼 수 있는 풍경으로 만들자며 한목소리로 멋을 내본다. 마음만은 늙지 말고 언제나 소녀처럼 순수하고 흥겹게 시를 쓰며 살자고 서로 마음을 나누며 아주 오래된 벗을 얻은 것처럼 든든한 마음으로 새벽이슬을 함께 맞는다.

세 번째 날에는 아침 식사 후 오세암까지 산행이 계획되어 있었다. 들뜬 마음과는 달리 하늘이 무거워 보였다. 모두들 주먹밥과 비옷을 받아들고 징검다리를 건너 가벼운 발걸음으로 떠나지만 설송과 몇 명은 일행과 속도를 맞추기 힘들 것 같아 돌아오는 길에 시냇가에 발을 담근다.

"어디서 오셨어요?"

"안동에서요. 김인규예요."

"저는 서울에서 왔어요. 신문을 보고 신청했는데 오기를 잘한 것 같아요. 선생님들 강의를 들으니 너무 좋네요!"

"네, 얼마나 공부가 되는지 모르겠어요."

"전 시집을 내려고 삼백 편 정도 글을 써놓고 망설이고 있었는데 마음을 정했어요."

"잘됐네요. 난 아직 한 편도 쓰지 못했는데 부럽네요."

"우리 이제 저녁에 있을 백일장 준비나 할까요?"

오후 네 시쯤이 돼서야 산행을 떠난 일행들이 비옷을 입고도 즐거운 표정으로 돌아왔다. 저녁 식사 후에는 가수들의 공연이 있었는데 지난 5월 대공원에서 본 가수 소찬휘였다. 그녀를 보자 설송은 마치 잘 아는 사람을 만난 것처럼 반가웠다. 무엇보다 고은 선생의 구성진 아리랑은 산사의 밤 풍경과 잘 어울렸다. 그런데 갑자기 진행자가 설송의 이름을 부르더니 보리밭 부르기를 청하는 것이 아닌가? 설송은 여유 있게 한 곡을 부르고 백일장에 참석한다. 설송이 원고지를 받아들고 한적한 곳을 찾아 백담사를 주제로, '내가 찾은 백담사'라는 제목으로 글쓰기에 열중인데 스님 한 분이 큰 기침을 한다.

"백일장에 내시렵니까? 제가 한번 봐도 될까요?"

"아, 네. 부끄럽습니다."

나는 세상 상념 가득 머리에 이고 백담사를 찾았다
보따리 풀어놓고 마루에 앉아서 사방을 둘러보니

푸른 숲 병풍처럼 둘러서 있구나

청사초롱 버여 걸고 오색 깃발 축제가 펼쳐지는 밤

산사에는 이방인들 고함소리 가득하여 어수선하다

선사의 깊은 침묵소리를

밤하늘 별빛들은 귀 열어 듣는데

나는 보따리 채 풀지도 못하고

산을 버려온다

산 그림자도

나를 따라 버려온다

"보살님, 제가 시를 잘 볼 줄은 모르지만 상을 타시기에 충분한 것 같습니다. 글을 읽는 동안 선생님의 호가 하나 떠올랐는데요."

"아니, 저 같은 사람이 무슨 호를?"

"아닙니다. 선생님의 성품이시면 충분합니다. 자연스럽게 떠오르는 이미지가 있네요. 설송입니다. 어떠세요? 마음에 드십니까?"

"스님! 너무나도 고맙고 감사합니다. 네, 아주 마음에 듭니다. 저랑 어울리나요? 갖고 싶은 이름이네요."

"앞으로 좋은 글 많이 쓰시고 책도 내시고 성불하십시오."

설송은 백담사에서 보내는 하루하루가 꿈을 꾸고 있는 것 같다. 어느덧 마지막 날. 아쉬운 아침 식사를 마치고 강당에 모여 백일장 결과를 기다리는데 다른 사람들도 자신의 마음과 같을까, 가슴은 쿵쾅거리고 사회자 입만 보였다.

"다음은 금상을 발표하겠습니다. 소나무반 설송 님이십니다."

설송은 기쁜 마음을 어찌할 바를 몰라 한 손으로 입을 가린 채 기쁨을 감추었다. 주의 사람들로부터 축하 인사를 받으며 백담사를 출발하였다.

설송은 독서실 학생들에게 떡을 하고 음료수를 사서 한턱낸다.

"우리 원장님이 최고예요."

독서실 옥상에서 학생들이 한바탕 뛰며 좋아한다.

올해도 새 학기가 시작되어 대학 합격자 발표가 마무리되어간다. 마치 성철이 대학 가던 해처럼 전화벨이 울릴 때마다 숨이 막힌다.

'아, 하나님 감사합니다.'

독서실을 이용한 재학생과 재수생 중 두 명만 빼고는 모두 합격이다. 한남독서실 앞에 오십여 명의 이름이 펄럭인다. 설송은 기분이 좋아서 총무를 부른다.

"경수야! 올해 대학시험 본 학생들 모두 전화해서 오라고 해. 우리 오늘 저녁 옥상에서 삼겹살 파티하자."

날이 어두워지고 보름달보다 환한 얼굴들이 하나둘씩 모이는데 상연과 동수가 보이지 않는다.

"경수야, 상연이 동수에게 다시 한 번 전화해. 안 오면 내가 모시러 간다고, 모두들 기다린다고."

한참만에야 두 녀석의 푹 꺼진 그림자가 옥상 위로 느릿하게 오른다.

"왜 이제서야 와? 얼마나 기다렸다고!"

"재수하기로 결정했다고? 잘했다. 조금 늦게 가면 어때? 뚜렷한 목표를 향해 가는 것이 중요한 거지. 내가 반값만 받을 테니 당장 내일부터 새롭게 시작해. 난 너희들이 내년에는 꼭 합격할 것이라고 믿는다."

다음 날 상연 엄마가 음료수를 사들고 찾아왔다.

"아이고 원장님, 고맙습니다. 상연이가 하루도 거르지 않게 간식 챙겨주고, 잠도 깨어주며, 마치 엄마처럼 챙겨주신다고 항상 고마워했어요. 그런데 자기만 떨어졌다고 얼마나 미안해하는지……. 무엇보다 계속 공부할 수 있도록 응원해주시니 얼마나 송구스러운지 모르겠어요."

"참, 별말씀을 다 하세요. 내가 상연이를 쭉 지켜봤는데 시험 운이 안 따라준 것 같아요. 아무 걱정 마시고 보내세요. 편안하게 공부에만 집중하라고 하세요."

동수 엄마는 과일을 사들고 찾아왔다.

"간식으로 쓰세요. 우리 아일 친자식처럼 챙겨주셔서 너무나도 고맙습니다. 처음에는 합격한 학교가 마음에 들지 않는다고 울고불고 난리도 아니었어요. 정말 고맙습니다. 이 은혜 잊지 않을게요."

16막

아직은 늦지 않으리

설송은 학생들처럼 여름방학을 기다린다. 올해는 내비게이션의 도움을 받아 백담사에 도착하였다. 이번엔 만해기념관을 신축해서 개관식을 하고 새로운 건물에서 시인학교를 개최하니 기분이 더욱 산뜻하였다. 그리고 학생 대표로 만해실천선양회 회원들과 타종을 하고 나니 설송은 더욱 마음이 벅차올랐다.

세 번째 만해시인학교 백일장이 열린다. 주제가 '영역'이라고 참가한 사람들이 웅성웅성한다. 나는 '영역'이라는 제목의 글을 쓴다.

사람들의 영역은 어디일까
초가을 높고 푸른 하늘을 훨훨 날아가는
철새들의 영역은 어디일까
조각구름 타고 따뜻한 바람 따라 어디로 가는 걸까
앞장선 날갯짓 따라 줄을 지어 어디로 가는 걸까

서로서로 힘을 합하여 넓고 높은 하늘을
잘도 날아가고 있네
철새들의 영역은 어디일까
사람들의 영역은 어디일까?

올해는 차상을 받고 돌아온 설송은 대학 졸업장이라도 받은 것처럼 상장 세 장과 참가 이름표 세 장을 앨범에 붙이고 그동안 방송국에서 받은 상품을 한곳에 모아본다. 라디오 두 대, 냉장고 한 대, 손목시계와 전기밥솥이 각각 하나씩, 원고료 두 번과 상품권 등이다. 설송은 생각이 많아진다.

그동안 시집을 내겠다는 목표로 밤낮 가리지 않고 읽은 책이 2천여 권을 넘는다. 달력, 광고지 뒷면, 성철이 논문 프린트 이면지까지 하얀 종이만 보면 허투루 쓰지 않고 철하여 연습장으로 쓴 것이라면 박스로 열 박스는 족히 되고 그동안 써온 볼펜이 백 자루는 넘는다. 외출할 때도 메모지와 볼펜은 꼭 챙겼고 머리맡에는 메모지를 항상 준비해두곤 했다. 신문을 보거나, 텔레비전을 볼 때도 모르는 단어가 나오면 국어사전을 꼭 찾아보며 공부를 했다. 그동안 본 사전 두 권이 너덜거릴 정도가 되었고 손가락에는 굳은살이 사라지지 않았다. 서울로 이사 온 다음부터 이십 년 동안 써온 일기와 짬짬이 써온 시를 다 모으자 삼백여 편이나 되었다.

그래, 이제는 내 인생 무대에 올려보자! 설송은 결심을 하고, 그동안 모아둔 시를 출판사에 보내놓고 책으로 완성될 모습을 상상하면서 헌책에 '엄마의 일기'와 '아직은 늦지 않으리'라고 제목을 써서 하얀 종이로 책표지를 만들고 책장에 꽂아두고 마음을 졸이며 기다린다.

꼬박 한 달이 지난 후에야 《아직은 늦지 않으리》라는 표제를 달고 설송의 인생사가 시집으로 묶여 세상 밖으로 나왔다. 설송은 작품 하나하나를 쓰던 때의 감정이 생생하게 되살아나 더욱 뭉클하다. 책 한 권을 들고 모교 박석희 은사 생각에 편지를 쓴다.

교장선생님, 안녕하십니까? 저는 망운국민학교 34회 출신 설송입니다. 3학년 때 박석희 은사님께서 제가 백일장에서 일등을 하자 다음에 멋진 시인이 되라고 하신 말씀을 잊지 않고 살았습니다. 그 약속을 지키려고 노력을 해왔는데 육십이 넘은 이제서야 시집을 출간하게 되었습니다. 막상 책을 손에 들고 보니 은사님 생각이 맨 처음으로 나는데 찾을 길을 몰라서 지금 현직 교장선생님께 대신 보내드립니다. 저의 늦은 약속을 박석희 선생님을 대신해서 받아주시면 감사하겠습니다.

2003년 2월 박석희 스승님의 제자 설송 올립니다.

설송은 모교 망운초등학교의 김찬두 교장선생님으로부터 시집을 잘 받고 감동했다는 말씀과 함께 졸업식 날 특강을 부탁한다는 전화를 받는다. 시집 30권을 우편으로 먼저 보내고 부푼 가슴으로 모교를 찾아간다. 교문으로 들어서는데 '제82회 망운초등학교 졸업식. 2003년 2월 19일' 현수막이 펄럭이고 있는 학교 운동장이 펼쳐진다. 한편으론 포근하게 느껴지지만 다른 한편으로는 어딘지 모르게 낯설어 보인다. 설송이 학교를 다니던 시절엔 위아래 건물이 마주보고 있었는데 지금은 학생 수가 적어서 위쪽 동 일층만 사용한다고 한다. 교장선생의 축사가 끝나자 설송을 소개하는 말이 이어진다.

"학교 행사 때마다 본교 출신 가운데 성공하신 한 분씩 모시는 시간을 가지려고 합니다. 그 첫 번째로 아주 귀한 대선배님이 여러분을 축하해주시기 위해 오셨습니다. 시인 설송 선생님을 모셨습니다. 여러분 큰 박수로 환영해주시기 바랍니다."

설송을 바라보는 30여 개의 반딧불이 눈부시다.

"반갑습니다. 방금 교장선생님으로부터 소개를 받은 설송입니다. 여러분이 앉으신 자리에 놓여 있는 시집은 교장 선생님께서 돈으로 구입하셔서 여러분께 선물하신 겁니다. 저는 사십팔 년 전 눈물로 졸업식 노래를 부르며 교정을 떠난 삼십사 회 졸업생입니다. 우선 중학교로 진학하는 여러분을 축하하는 마음으로 시 한 편 낭송해드리겠습니다. '아직은 늦지 않으리'라는 시입니다."

나는 세상에서 단 하나뿐인 존재
내가 있으므로 우주도 있다
스스로와의 약속은
그 무엇보다 소중하리라

나와의 약속은 시간 그 너머에도 있다

망설이지 말자

아직은 늦지 않으리라

지금 이 순간 우주는 나를 바라보고 있으므로

아직은 늦지 않으리라

너의 타오르는 가슴에

재를 뿌리지 마라

그리고 야망에 기름을 넣어라

그리고 쳐다보아라

저 높은 하늘 끝까지

아름다운 불길이 되어 솟아오를 것이다

아직은 늦지 않으리라

네 꿈의 날개를 접지 말아라

희망의 배에 닻을 달아라

그리고 바라보아라

수평선 저 먼 곳에서

아름다운 배가 돌아올 것이다

아직은 늦지 않으리라.

설송이 시 한 편을 낭송하고 인사를 한다.

"반갑습니다. 여러 후배님들을 이 자리에서 만나니 너무 반갑습니다. 저는 삼학년 때 담임선생님으로부터 훌륭한 시인이 되라는

145

말씀을 듣고 제 인생 목표를 잡았습니다. 하지만 그 시절에는 중학교를 가려면 목포까지 유학을 가야 하는데 건강도 좋지 못하고 여자는 시집만 잘 가면 된다는 사회 분위기 때문에 중학교에 진학을 하지 못하게 되었답니다. 그 시절에는 망운중학교가 없었어요. 목포로 유학도 가지 못하고 그만 결혼을 했습니다.

그 후 새롭게 일가를 이룬 뒤에도 선생님의 말씀이 머리에서 떠나지 않았습니다. 그러나 결혼을 하고 공부를 계속한다는 것은 여간 힘든 일이 아니었습니다. 효자효부도 되어야 하고 어진 아내, 지혜로운 엄마도 되어야 했지요. 책임지고 해야 할 일이 참으로 많았습니다. 그래서 머리로만 하는 공부가 아니라 마음으로, 행동으로 나이 값하는 어른으로 살아가기 위한 공부를 더 열심히 하기 시작했습니다. 쉬지 않고 고사성어, 명심보감, 속담과 논어를 읽으며 생각의 폭을 넓히고 천자문으로 한자 공부도 했습니다. 영어는 테이프 육십 개가 늘어지도록 듣고 외우며 공부했습니다. 아마도 시인이라는 목표가 없었다면 포기했을 것입니다. 꼭 시인이 되리라는 스스로와의 약속을 지키고 박석희 선생님께 영광을 돌리려는 진정으로 정말 열심히 노력했습니다. 답이 보이지 않아 포기하려는 생각이 들 때마다 제 스스로에게 주문을 거는 문구가 '아직 늦지 않으리'이었습니다. 그리고 육순을 넘기고서야 그동안 일기장에 모아둔 시로 시집을 출간하게 되었습니다.

지금은 얼마나 공부하기 좋은 시대입니까? 시골이나 도시 구별이 없고 남녀노소 나이도 상관없는 세상이 되었습니다. 그러나 제

때에 하는 공부가 제일이지요. 여러분이 부럽기만 합니다. 오늘 졸업을 하고 교정을 떠나더라도 목표를 뚜렷하게 갖고 꼭 성공하길 기도하겠습니다. 포기하지 않는 한 아무것도 늦은 건 없습니다. 여러분도 앞날의 목표를 세워 언제라도 꿈을 이루시고 모교의 졸업식에 꼭 초대받는 사람이 되길 기도드리겠습니다. 그러면 제 작품 '내 마음의 빈터'를 하나 더 낭송해드리며 여러분을 응원하겠습니다."

내 마음 빈터에 씨앗을 뿌려야지
김을 매고 거름도 주며 사랑도 심어야지
날아가는 철새를 위해 먹이도 준비하고
계절이 다 가기 전에 보금자리도 만들어야지
눈 내려 고요한 날 저녁노을 바라보며
아름다웠다고 내 마음 빈 터에 예쁘게 예쁘게
세상을 가꾸어야지

졸업식장에 뜨거운 박수 소리가 울려 퍼졌다. 설송은 초대받은 지역 유지들, 선생들과 망운에서 제일 크다는 한식당에서 점심 식사를 하고 서울로 출발하였다. 박석희 스승의 잘했다 토닥여주는 목소리가 들리는 듯하다.

147

17막

출판기념회

    설송은 만해시인학교 때 만난 인연으로 출간을 하고 소양강 레스토랑에서 조촐한 출판기념회를 열었다. 경수가 운전을 하고 수미와 설송이 뒷자리에서 도란거린다. 도착하자 '아직은 늦지 않으리'라는 펼침막이 응원가로 펄럭거린다.

    작년 소나무반 김주형 선생과 기꺼이 발문을 써준 김춘성 선생, 그리고 표지그림을 그려준 정우현 선생, 출판사 사장을 비롯한 관계자들이 설송 일행을 반겨주었다. 아름다운 추억으로 채우는 식사자리에서 김춘성 선생이 설송 곁으로 다가온다.

    "발문을 쓰려고 작품을 읽어보는데 얌전한 누이가 바로 옆에 앉아계신 듯 한 느낌이 들었습니다. 살아온 인생 여정을 조곤조곤 이야기해주는 정겨운 작품집입니다. 꼭 한번 뵙고 싶었습니다."

    설송은 반가운 말을 숨긴다.

    "부끄럽습니다. 좋게 보아주시니 제가 더 감사합니다."

출판사 사장의 큰 감동을 받았다는 말이 이어진다. 정우현 화백도 책표지 그림을 액자에 담아주었다. 김춘성 선생이 송이에게 묻는다.

"무엇보다 표제가 참 좋습니다. 어떻게 그리 멋진 제목을 뽑으셨어요?"

"잘 봐주셔서 감사합니다. 제가 육십 줄에 들어서 새롭게 혼자 영어 공부를 할 때나 한자 공부를 할 때마다 '아직 늦지 않으리라'고 노트 머리에 써놓고 마음에 새겼던 문구입니다. 제 글을 읽게 되는 누군가도 꿈을 포기하지 않고 그 꿈을 꼭 이루면 좋겠다는 생각으로 정했습니다."

설송은 참석해준 사람들 모두와 악수하며 감사한 마음과 이별의 정을 나누며 기념 촬영도 하고 아쉬운 이별을 하였다. 경수와 수미가 오랜만의 나들이길에 그냥 돌아가기에는 너무 서운하다며 소양댐이라도 구경하고 가자고 하여 김주형 선생과 그의 부인이 함께 동행을 해주었다.

아직 녹지 않은 눈밭에 소나무들이 의연하게 서 있는 모습을 보니 설송이라고 새 이름을 준 스님이 떠오른다. 사진기에 수채화 같은 한 폭의 멋진 소양강의 추억을 담고 돌아오는 길, 차창밖 먼 하늘에 눈길을 두는 설송은 세상 모두를 다 얻은 기분이다. 설송은 눈을 감고 자기와의 약속을 떠올려본다.

꿈은 이루어진다.

심은 대로 거둔다.

젊어 고생은 사서도 한다.

연꽃은 진흙탕 속에서도 자기의 아름다움을 잃지 않는다.

세월이 그대를 속일지라도 노하지 말라.

슬프다고 너무 슬퍼하지 말고 기쁘다고 너무 기뻐하지 마라.

한 송이 국화꽃을 피우기 위해 봄부터 소쩍새는 그렇게 울었나 보다.

그동안 삶을 지탱해주었던 말들이 꿈처럼 스쳐 지나간다. 밤이나 낮이나 쉬지 않고 기도하는 마음으로 생각하며 가슴에 새기고 꺼내어 보면서 살아온 등대 같은 말들이다. 설송은 험한 가시밭길, 불행의 시간들이 폭풍처럼 휘몰아쳐올 때도 이 말들에 의지하여 꿈이 이루어지기를 참고 기다리며 살아올 수 있었다. 이제는 행복만 생각하며 살아가도 되는 때가 오는가 보다 짐작해본다.

어젯밤 유학생활을 마치고 며느릿감과 함께 온다는 성철의 전화를 받고 공부 잘하는 아들이 미국인 며느릿감까지 함께 온다는 말에 인천공항으로 가는 시간이 꿈길을 걷는 것처럼 더디게 느껴졌다.

그동안 책을 내고 출판기념회를 하고 모교 졸업식장에서 강연을 하던 순간들이 떠오르자 육십 평생 살아온 세상의 무대 시상식에서 금상 정도는 받은 것 같았다. 설송은 자신감에 부끄럽지 않은 엄마의 모습이 되기를 희망해본다.

통화도 하고 메일도 주고받고 사진도 보아서인지 성철 옆의 금발의 아가씨가 낯설지가 않았다. 뭐가 그리 좋은지 연신 웃으며 두 손을 꼭 잡고 걸어 나오는 브로닌이 환한 웃음으로 인사를 한다.

"안녕하세요, 시엄마. 브로닌입니다."

"어서 와요. 반가워요. 먼 길 오느라 힘들죠?"

설송은 미국 며느리에게도 자신이 멋있게 보일까 생각하며 승용차를 몰고 집으로 향한다.

응접실의 책장을 성철과 브로닌이 공부한 책으로 가득 채우고 나니 비좁아 보인다. 설송은 좋은 집도 비싼 가구도 눈에 들어오지 않고 오로지 책 많은 집이 제일 부러웠는데 책장을 책으로 가득 채워 어떤 부자도 부럽지 않았다.

아들이 유학길에서 짝과 함께 돌아와서 빈집 같은 책장에 아들과 며느릿감의 책으로 가득 채우니 그 무엇보다 마음에 큰 선물을 받았다는 생각이 든다.

'중학교도 못 나온 한을 내 아들이 풀어주는구나. 하나님! 감사합니다.'

같은 학교에서 함께 공부를 한 성철은 모교인 서울대로, 브로닌은 E대 교수로 발령을 받았다. 브로닌은 성철에게서 우리말을 배워 큰 불편함 없이 서울생활을 시작할 수 있을 것 같았다. 브로닌은 설송이 서울 구경을 시켜준다는 말에 한 발짝 더 다가와 한강에서 유람선도 타자며 천진스럽게 어리광을 부렸다.

"저기가 국회의사당이고 이곳은 육삼빌딩이다. 우리 나온 김에 브로닌이 강의할 학교도 둘러보고 가자."

설송에게 기쁨의 날들이 연속되었다. 오늘은 조카 상훈이가 중국유학을 마치고 여자 친구와 함께 귀국한다는 것이다.

"어서 와라. 우리 상훈이 더 멋있어졌는걸. 어쩜 이렇게 아빠 젊었을 때 모습이랑 똑같을까?"

"인사드려요. 내 고모예요."

"진짠쫑이에요."

"반가워요. 우리 상훈이는 성품이 온화해서 학생들이 잘 따를 거야. 새 학기부터 강의 시작할 거라고? 축하해요, 설 교수님!"

"고모는! 성철이도 교수면서⋯⋯."

"그래. 고모가 너무나 좋다. 너도 성철이도 브로닌도 모두 다 교수님이라니, 밥을 안 먹고도 살겠다. 호호호!"

"밥을 안 드신다고요?"

"응, 이리도 마음이 부른데 굳이 밥 먹을 필요가 있냐?"

"그래요. 고모가 좋아하시니 걸 보니 저도 기분이 좋은데요."

"고모는 세상에서 제일 부러운 사람이 선생님이었거든. 평생 공부하며 학생들에게 존경받는 교수님으로 살아갈 수 있는 너희들이 정말 부럽다. 사랑하는 아들과 예비 며느리와 너까지 교수가 되었으니 우리가 성공한 가족 아니겠냐? 이제 고모는 더 이상 바랄 것이 없구나. 더구나 성철이도 너도 배필까지 알아서 챙겨왔으니 얼마나 좋은 일이냐?"

어느덧 성은과 성민이 9개월간의 청원 기간과 2년 동안의 수습 기간이 지나고 청빈, 정결과 순종을 서원하고 평생 벗지 않을 수녀복을 입은 지도 벌써 삼사 년이 되어간다. 성은은 지난해에 신길동 성당에서, 성민은 올해 용산 성당에서 천주님께 봉헌하며 사는 삶을 살아가고 있다. 성은 엄마 아빠는 허전하고 안타까웠지만 사랑하는 두 딸을 기쁘게 보내주었다.

한편 어려서부터 한 가족처럼 지내던 태수 역시 수원 성당 주임 발령을 받고 성직자로 봉헌하는 삶을 산다. 성은네도 태수 엄마 아빠도 착하게 잘 자라준 아들딸들이 고맙고 자신들의 삶 또한 만족스럽게 느껴지게 하였다.

18막

남편 소식

"오빠, 어서 오세요. 언니랑 어쩐 일이세요?"

"오! 내가 사랑하는 동생이 보고 싶어서 왔소. 왜? 불만입니까?"

"아니에요. 오히려 황송해서요."

"글쎄, 오빠가 고모 보고 싶다고 독서실로 가자는 거예요."

"사실 퇴근길에 외식하러 갔다가 고모부를 만났거든요."

"고모부라면······."

설송은 두근거리는 가슴을 움켜쥐고 설국을 다그친다. 반가운 생각이 먼저 앞선다.

"성철이 아빠를 말하는 거예요?"

올케도 좋아하는 기색이다.

"네, 그쪽도 둘이 밥 먹으러 왔더라고요."

"올해부터는 성철이 할머니 할아버지 제사 모시러 오겠다고 하더라고요."

가만히 듣고만 있던 설송은 드디어 때가 왔다는 생각을 놓칠세라 마음의 문을 연다.

"오빠, 맘 아프게 해서 미안해요."

"내가 무슨? 아니다 네 맘만 하겠냐? 이리 와, 우리 송이 한번 안아보자."

설송을 꼭 껴안은 설국의 어깨가 들썩인다.

말수가 적은 설국이 술기운 때문인지 목소리가 높아진다.

"네 남편이 온다고 했어. 송이야, 나하고 약속했다. 이 오빠랑, 이 오빠 믿지?"

"네, 그럼요. 오빠 믿죠. 오빠 덕분에 이렇게 잘살고 있잖아요?"

"그래요. 우리 고모는 천사라 꼭 복받을 거예요. 사람은 말년 복이 있어야 진짜 복받은 거라잖아요."

"지금도 충분히 복 많이 받고 이렇게 행복하게 살고 있잖아요. 교수 아들, 며느리에 교수 조카까지, 이만하면 우리 모두 복받은 거 아니에요? 우리는 하나님께 감사해야 해요."

올케도 한 톤 높은 목소리다.

"강현자가 얼굴을 못 들고 안절부절이더라고요."

설송의 마음이 가볍게 흔들린다.

"언젠가는 꼭 찾아올 줄 알았어요."

"아무튼 고모 같은 사람은 세상 어디에도 없을 걸요? 씨앗을 보면 돌부처도 돌아앉는다는데 쓰다 달다 말 한자리 않고 여태 살았으니……. 천사도 보통 천사가 아니죠."

설송은 꽁꽁 얼어붙었던 얼음장이 슬슬 녹아내리는 기분으로 오빠와 올케를 태우고 집으로 향한다.

여느 때와 달리 시부모 제사가 다가오자 설송의 마음이 더 분주해진다. 설송은 다른 날보다 깨끗이 독서실 청소를 하며 경수와 수미에게 당부하였다.

"내일 시어른들 제사라 내가 못 나오더라도 잘하고 있어. 너희들도 공부 열심히 하고."

"걱정 마세요. 우리도 공무원 시험 날이 얼마 안 남았어요. 열심히 공부할 테니 걱정 마시고 제사 잘 모시고 모레 봬요."

서둘러 집에 온 설송은 집안 청소를 하고 시어머니가 좋아하던 뱅어, 돔, 조기와 상어, 소고기, 돼지고기 그리고 닭 한 마리, 고사리, 숙주나물, 시금치와 낙지, 홍어를 사고 성철 아빠가 좋아하는 어리굴젓과 명란젓갈도 준비한다.

설송은 손에 일이 잡히지 않는다. 성철 아빠가 정말로 올까, 대문 밖에 나가 문패를 한 번 쳐다보며 조바심을 친다. 성철 아빠가 온다면 얼마나 좋을까?

평소보다 정성스럽게 제사상을 준비하는 아줌마와 올케도 들뜬 모습이다. 설국이 마당에서 마른 담배를 피우며 왔다 갔다 하는데 벨이 울린다. 설국이 방으로 남편 손을 잡고 들어온다.

"성철아! 아빠 오셨다."

현우는 아무 일도 없었던 것처럼 툭, 인사를 건넨다.

"자알 있었소?"

고현우가 설송을 쳐다보며 멋쩍게 웃고 설송도 은은한 웃음으로 반긴다. 설송과 남편은 말없이 처음 맞선을 보던 감정 그대로 뜨거운 눈빛만 주고받는다. 세상을 탓하랴, 누구를 원망하랴. 어느덧 35년 여의 두꺼운 얼음이 봄눈 녹듯 사르르 녹아버린다. 설국은 브로닌에게 직장 때문에 따로 살고 있는 성철 아빠라고 인사를 시킨다.

"그럼, 시아빠예요?"

"여기는 내 아들, 상훈이. 지금은 서강대에 중국어 교수로 강의 나가고 있어!"

"오, 장하다. 상훈이라고, 우리는 처음 보는 거지. 반갑다."

남편과 오빠의 음복 술잔이 오간다. 현우는 굴전과 홍어 그리고 특별히 준비한 명란젓갈과 어리굴젓을 맛있게 먹으면서도 시선은 설송에게서 떠나지 못한다. 언제 우리가 헤어졌던가 하는 표정으로 설송과 일심동체가 되어버린 것이다.

식사를 끝내고 현우를 배웅하러 대문 밖으로 모두 나간다. 남편은 대문을 지키고 있는 문패와 설송을 번갈아 쳐다보더니 떠난다. 꽃가마 타고 시집온 송이를 혼자 두고 떠난 그날처럼……. 현우의 차가 보이지 않을 때까지 설송은 멍하니 서 있다. 설송은 브로닌과 제사상을 치우고 방으로 들어와서 일기를 쓴다.

남편의 첫 걸음!

시부모님 제삿날. 오빠의 약속대로 남편이 왔다. 반드시 오리라 믿었다. 막상 만나서 시원하게 무슨 말을 주고받은 것은 없었지만 느낌으로 알았다. 시부모님의 영혼이 오작교가 되어 35년 만에 찾아온 남편과 이제 새롭게 시작될 나의 행복한 미래를. 다음에 오리라, 남기고 간 말은 아주 나에게 돌아온다는 말인 것을. 나는 믿었어. 꼭 이렇게 남편이 돌아오리라고. 아, 오늘까지 어둡던 내 창가에 사랑의 메아리가 울린다.

부부는 일심동체요, 부부 싸움은 칼로 물 베기라는데 이제 와서 무슨 할 말 있겠는가? 아주 돌아오면 그만이지. 과거는 생각을 말자. 모든 것은 숙명일 뿐이다. 성철이 결혼날 받으면 함께 예식장도 정하고 청첩장도 멋있게 만들어야지.

설송의 얼굴빛이 환해졌다. 설송은 성철과 함께 오빠 방으로 건너간다. 방 안에서 들려오는 웃음소리에 도우미 아줌마의 마음까지 환해진다.

"하하하 하하하하!"

"아이고 배야, 그만해요."

"오빠 언니는 기적같이 보일지 모르지만 나는 오늘이 낯설지 않아요. 내가 하루도 빼지 않고 밤마다 성철 아빠랑 일기로 만나 얘기하며 살아왔거든요. 사람이 몸으로만 살아야 하는 건가요? 영혼이 더 중요하지. 나는 이제 성철 아빠가 첫걸음을 시작한 날이 우리 결혼하는 날로 알고 그냥 즐겁게 살 거예요. 이제 와서 묻고 따질 게 뭐가 있겠어요? 묻고 따져 싸워서 성철 아빠를 무덤에 묻고 나는 철장 신세지면 뭐해요?"

올케는 두 손 두 발을 들고 알았우, 알았수, 말을 하며 아무렇지도 않은 설송의 모습을 쳐다보고 또 한바탕 웃는다. 설송은 성철의 두 손을 마주 잡는다.

"성철아, 너도 아빠를 이해해야 한다. 어쩔 수 없는 그 시절이었으니까."

"네, 나는 엄마를 존경하니까, 엄마만 좋으시면 돼요. 엄마 뜻대로 따르겠습니다."

"그래. 오는 주일에 아빠한테 전화할 테니 오시면 함께 결혼 준비하러 다니자."

설국도 기뻐서 싱글벙글이다. 올케가 긴 숨을 쉬며 한마디를 보탠다.

"성철이가 복이 많다. 엄마 아빠 나란히 모시고 결혼식을 올리게 되어서 얼마나 다행이냐?"

설송은 가족 모두를 보면서 마치 처음부터 일이 이렇게 될 것을 알았다는 듯이 말을 한다.

"언젠가 이런 날이 올 줄 알고 기다리며 살아왔는데 왜 남의 속도 모르고 그래요? 이제 지난날은 모두 잊어버리고 우리도 한번 행복하게 살아봅시다."

"그래요, 그래. 하하하하!"

모두들 자리에서 일어난다. 가사 도우미도 웃으며 재빠르게 집으로 돌아간다.

19막

아들 결혼

성철의 결혼식 날이다. 간단하게 요기를 하고 길 건너 뷰티미장원에서 브로닌과 올케, 예비 조카 댁이 줄줄이 앉아 머리 손질을 하느라 분주했다.

"아, 저기 건너편에 보이는 한옥 집에 사시는 분들이세요? 기와 집 맞죠?"

"네, 우리 아들이 오늘 결혼을 해요."

"어머님 얼굴이 참 너그러워 보이세요."

"네, 제게 너무 잘 해주세요."

"어쩜, 한국말도 잘하시네?"

"우리 며느리 되려고 한글도 미리 배워왔어요. 반은 한국 사람인 걸요. E대학 교수예요."

"그래요? 너무 멋있다. 어머님은 아름다운 한옥에서 살면서 며느리는 서양 며느리를 얻으셨네요? 정말 멋있으세요. 집 앞을 지

나갈 때면 나도 모르게 한 번씩 쳐다보게 되더라고요. 기와집이 얼마나 예쁜지 꼭 한번 구경하고 싶었어요. 축하드립니다. 행복하게 잘 사세요. 어쩜! 오늘 날씨도 정말 좋네요."

예식장에 미리 도착한 남편과 성철이 나란히 서서 하객을 맞고 미국에서 온 브로닌 부모도 맞은편에 서 있다. 하객석 맨 앞자리에는 설국 가족이, 그 뒤로는 강현자와 수녀복을 입은 성은 성민이 앉아 있고, 그 뒤쪽에 설송의 남편 친구 우균과 연재, 남길이 그 뒤로는 설송의 친구 황의자와 승미, 송자, 미경, 그리고 고향의 대식네 식구 모습도 보인다.

사회자의 우렁찬 목소리에 팡파르가 울리고 주례사가 이어진다.

"안녕하십니까? 오늘 주례를 맡은 김철진 교장입니다. 저는 신랑 아버지와 같은 중학교에서 삼십여 년 동안 함께 근무를 했습니다. 제가 오늘 주례사를 준비하면서 기분이 참 좋습니다. 마침 날씨도 너무 좋아서 여러분도 멋진 나들이가 되었을 줄로 생각합니다. 이렇게 식장을 꽉 메워주셔서 감사합니다.

세상이 참으로 많이 변해가고 잃고 사는 것도 참으로 많아졌습니다. 갈수록 기본적으로 지켜야 하는 윤리와 질서는 점점 상실되어갑니다. 부모와 자녀, 스승과 제자, 선후배 간의 관계를 지탱하는 삼강오륜이나 장유유서는 물론 몸가짐마저 천박하게 변해가고 있는 시대에 우리는 살고 있습니다. 이대로 가다가는 아예 원시시대로 돌아가는 건 아닌지 걱정까지 됩니다. 사람 몸만 편하게 하는 기계를 과학자들도 이제는 그만 만들어도 되지 않나 생각을 해봅니다. 초등학생들에게도 스마트폰이 들려지는 세상인데 이상하리만큼 사람 냄새 맡는 것이 갈수록 힘들기도 합니다. 선생님의 그림자도 밟지 말라고 배웠던 시절이 그립습니다.

오늘의 주인공인 신랑과 신부는 부부 교수랍니다. 그리고 신랑 아버지는 중학교 선생님으로 정년퇴임을 하셨고, 신랑 어머니는 시인이십니다. 또한 신부 부모님도 미국에서 교직에 계신다니, 대를 이어서 사회의 등불이 되는 집안인 것 같아 주례를 보는 저로서는 영광이 아닐 수 없습니다.

오늘 신랑 신부가 되는 두 사람이 함께 꾸미는 아름다운 보금자리는 사랑이 넘치고 모범이 되는 행복한 가정이 될 거라고 믿습니다. 우리들 눈에 보이던 울타리는 아파트에 밀려 사라졌지만 모쪼록 신랑 신부는 부모님과의 끈끈한 사랑의 끈으로 한 가정의 울타리를 아름답게 만들 것으로 믿습니다. 더불어 부모님을 닮은 모범적이고 훌륭한 부부 교수가 되기를 바라며, 모두 함께 이 두 신랑 신부의 앞날을 축하해주시기 바랍니다."

설송이 3박 4일 동안 제주도로 신혼여행을 다녀온 아들네를 맞이하려고 신혼집 정리를 해놓고 집으로 돌아오니 올케가 강현자랑 이야기를 하며 신랑 신부를 맞이할 준비를 하고 있었다.

"형님, 이리 좀 와보세요."

강현자가 장롱 문을 열어 보인다.

"이게 다 뭐야?"

"형님, 죄송해요. 벌써부터 생각하고 있었어요. 성철이 아빠 옷이에요."

옷장 안에는 양복 네 벌, 오버 두 벌, 하얀색 와이셔츠 서너 장 그리고 넥타이가 가지런히 걸려 있고 서랍장 맨 위 칸에는 포장도 뜯지 않은 설송의 잠옷도 보인다.

"사려거든 성철 아빠 거나 사지, 내 잠옷까지······. 고마워. 성철이 아빠를 이렇게 건강하게 돌아오게 해줘서 괜찮아."

"형님, 하루도 형님 생각을 하지 않은 날이 없었어요. 이제 성철 아빠도 출근할 일이 없으니 행복한 시간 많이 만들고 재미있게 지내세요."

"고마워. 성은이 엄마도 건강하게 잘 살아."

설송과 강현자는 눈시울이 촉촉해진다. 고현우가 멋쩍게 웃는데 성은과 성민이 나란히 들어온다. 올케와 도우미 아줌마가 흥이 나서 진수성찬을 차려 내온다.

"성은아, 굴전 좀 먹어봐. 맛있어."

"네, 큰엄마. 아빠도 굴전을 좋아하시는데요."

고현우도 굴전에 손이 간다. 설송은 오랫동안 아껴놓았던 양주를 오빠와 남편 사이에 놓으며 강현자와 나란히 앉는다. 설송의 집에는 40여 년간 얼었던 겨울눈이 봄 햇살에 사르르 녹아내리듯 사라지고 방마다 행복과 사랑의 불빛으로 가득하다.

저녁 밥상을 물리고 강현자와 설송은 설거지를 하고 성은과 성민이 집 구경을 한다며 뒷마당을 한 바퀴 돌아 나오는데 마침 신랑 신부가 돌아온다.

"오빠! 새언니!"

"성은이 성민이도 왔네."

현우 옆에는 설송, 그 옆엔 강현자가 나란히 앉아서 새신랑 새신부의 절을 받고 설국네와 상훈하고도 인사를 나눈다. 브로닌이 스마트폰 세 개를 내어놓는다.

"저희 신혼여행 선물이에요. 핸드폰이에요. 시아빠, 시엄마, 작은엄마도요."

"그래, 고맙다."

핸드폰을 선물로 받은 부모들은 사용법을 익히고 단축번호를 저장하느라 정신이 없다. 설송은 1번에 남편 번호를 저장하고 이름 대신 하늘이라고 새겨놓는다. 이어 성철은 같은 모양의 반지 다섯 개를 꺼내 현우, 설송, 강현자 그리고 성은과 성민에게 끼워주며 가족의 징표라고 너스레를 떤다. 그러자 브로닌이 자기도 똑같은 모양의 반지를 끼었다고 손가락을 흔들어 보인다. 외삼촌과 상훈은 와이셔츠를, 외숙모와 진짠쫑에게는 핸드백, 경수에게는 만년필을, 수미에게는 지갑을 준다. 지갑을 열어본 수미의 목소리가 높다.

"언니, 잘 쓸게요. 어휴! 새 돈도 넣었네. 센스쟁이."

"지갑 선물할 때는 그렇게 하는 거라고 성철 씨가 가르쳐줬어요. 부자 되세요, 수미 씨!"

선물을 받아든 가족들은 어떤 봄 동산에서도 볼 수 없는 화사한 웃음꽃을 피우며 노래방으로 향하였다. 수녀복을 입은 성은과 성민이 기도하는 마음을 담아 화음을 넣어 정성껏 두 사람의 앞날을 축복해준다.

사랑은 언제나 오래 참고 사랑은 언제나 온유하며
사랑은 시기하지 않으며 자랑도 교만도 하지 않네
사랑은 무례히 행치 않고 자기의 유익을 구치 않고
사랑은 성내지 아니하며 진리와 함께 기뻐하네
사랑은 모든 것 감싸주고 바라고 믿고 참아버려
사랑은 영원토록 변함없네
믿음과 소망과 사랑은 이 세상 끝까지 영원하며
믿음과 소망과 사랑 중에 그중에 제일은 사랑이라

이어 설송의 마음을 담은 '꽃밭에 앉아서'가 흘러나온다.

꽃밭에 앉아서 꽃잎을 보네
고운 잎은 어디에서 왔을까
아름다운 꽃이여
이렇게 좋은 날에 이렇게 좋은 날에

내 님이 오신다면 얼마나 좋을까
꽃밭에 앉아서 꽃잎을 보네
고운 빛은 어디에서 왔을까
아름다운 꽃이여 꽃이여

강현자는 눈을 지그시 감고 노래를 부르고 현우는 첫날밤에 불러주던 '나 혼자만이 그대를 사랑하오'를 부른다.

강현자와 성은 성민 가족은 집으로 돌아가고 현우는 의젓한 모습으로 집을 한 바퀴 돌아본다. 두 손을 주머니에 넣고 고개를 숙인 채 걷는 걸음마다 옛날을 회상하는 듯하였다. 강현자와 자신이 살아온 일들이 머릿속을 스쳐 지나갔다. 둘이 함께 대학 캠퍼스에서 코피를 흘려가며 공부했던 시절, 함께 출퇴근하며 행복했던 시간들, 성은과 성민이 태어나서 네 식구가 쇼핑하며 봄여름가을겨울 나들이하던 일, 새 학기가 시작되면 때때로 설송과 성철이 생각을 하며 가슴 아파하던 일 등을 떠올린다. 늘 미안해했던 설송에게 이제부터라도 천만 번 잘해주어서 설송의 못다한 청춘을 보상하듯 행복하게 해주어야지, 하는 생각뿐이다.

'이제는 정년퇴직도 했으니 무슨 걱정이야. 내가 비록 교직 때문에 두 집 살림을 하지 못했지만 이제부터라도 두 집 살림을 하는 거야. 성철이도 결혼까지 하고 성인이 다 되었으니 얼마나 다행인가. 나를 이렇게 말없이 받아준 설송이 너무 고맙고 가족들도 정말 너무 고맙다.'

현우는 꿈을 꾸는 듯 내가 잘하는 행동인가 생각도 해본다. 내 가족은 정상이 아닌가 생각하며 걷고 있자니 이제는 강현자에게 미안한 생각이 든다.

♥

성철 부부는 하룻밤을 자고 다음 날 준비해놓은 집에 가기로 했다. 안방과 건넌방을 밝힌 화촉동방이 붉다. 안방에서는 35년 만에 남편과 마주앉은 설송이 케이크에 한 자루 하얀 촛불을 밝히고 와인 잔을 들었다.

"시집오던 첫날밤에 당신을 아빠라고 부르겠다고 한 말, 기억하세요?"

"그래요, 기억하고 있소."

"오늘 이 시간부터 난 당신을 아빠라고 부르며 살래요."

"미안해요. 당신 마음대로 불러요."

현우는 목걸이 두 개를 꺼내놓는다. 하나는 설송의 목에 걸어주며 나머지는 자기 목에 걸어달라고 한다.

"성은 엄마도 부끄러운 인생이라며 당신에게 항상 미안해했소."

"그래요. 나도 당신이나 성은 엄마 심성을 다 알아요. 앞으로 우리가 행복하게 살면 되는 거예요. 늦었다고 생각할 때가 제일 빠르다는 말도 있잖아요? 이제라도 하루하루 아끼면서 소중하게 살아갑시다. 나는 세상은 무대요 인생은 쇼다,라는 생각으로 살아왔어요. 이젠 당신에게 공주 대접받으며 '아빠! 아빠!' 부르며 어리광

부리며 살 거예요. 그래서 인생 이 막은 누구보다 멋지고 화려하게 써내려갈 거예요. 당신이 도와주셔야 해요. 아빠!"

현우는 와인 잔을 놓고 설송을 껴안는다.

"여보, 미안해요. 그리고 고마워요. 성철이 잘 길러주고 무엇보다 당신도 열심히 공부해서 시인도 되고, 정말 내가 부끄럽소. 앞으로 고씨 가문의 공주, 아니 왕비마마로 잘 모시고 사랑할 거요. 당신이 바로 천사고 신사임당이오. 내가 인정하리라. 정말 고마워요. 무엇보다 나를 받아주어서 고맙소. 이제 지난 시간일랑 세월 속에 묻어버리고 앞으로는 매순간 행복한 사랑 꽃 피우며 살아갑시다. 염치없는 나는 당신에게 미안하고 고맙다는 말밖에 못하겠으니 그저 당신이 내 마음을 헤아리고 받아주기만 바랄 뿐이오"

설송은 눈물을 닦으며 어깨를 들썩인다.

"내게 일어난 모든 일들은 그저 내 몫이다 생각하며 당신을 기다렸어요. 친구 남편이 세상을 떴다는 소식을 들으면 건강하게 살아 있는 당신께 감사했어요. 당신이 꼭 돌아올 거라 믿었거든요."

"고맙소. 지난 삼십오 년 동안 못한 사랑, 앞으로 남은 인생 내가 아껴 주고 사랑해서 당신의 인생을 만회하리라."

시집오던 첫날밤보다 더 뜨겁고 화사한 사랑의 꽃이 활짝 피어오른다. 행복한 밤은 깊어만 간다.

신혼여행에서 돌아온 성철 신혼 방에서도 쨍쨍, 와인 잔이 경쾌하게 터진다.

하룻밤을 보낸 성철 부부가 신혼집으로 떠난 다음 날, 아침 햇살이 침대 위를 흠뻑 적시고 있다. 현우는 아직 침대 위에 누워 있고 설송은 커튼을 열고 두 팔을 활짝 펴고 창밖을 보며 속삭인다.

'오 태양이여, 이제 남은 내 생애에는 구름도 바람도 없는 오늘처럼 밝은 햇살만 비추어다오.'

설송은 아직까지 잠들어 있는 현우 옆에 살며시 다시 누워본다. 긴 강을 건너온 현우를 깨우는 아침은 분명 어제와는 다른 해가 비춘다. 35년 만에 맛본 행복한 아침이다.

현우는 마당을 쓸고 설송은 아침상을 차려 먹는다. 화장대 앞에 설송과 현우가 나란히 서서 독서실로 첫 출근할 준비를 한다.

설송은 운전하는 현우 옆자리에서 공주처럼 앉아 독서실에 도착을 하여, 현우는 차를 지하 주차장에 세우고 3층 독서실로 올라간다.

"일 층은 미술학원, 이 층은 컴퓨터, 건물전체가 다 학원이네요? 독서실이 삼 층에 있으니 학생들이 많겠는데요."

"네, 그래요. 다른 독서실과는 다르게 우리는 항상 빈 좌석이 없어요. 무엇보다 성철이 덕이 큰 것 같아요. 성철이가 일류대학의 대학원까지 장학생으로 다니고 교수라는 소문에 엄마들이 줄을 서요. 이제는 당신이 애들 공부도 좀 봐주면 더 대박 나겠는데요. 실장 남편이 먼 곳에서 교편을 잡다 정년퇴임을 하고 왔다면 얼마나 또 좋아들 하겠어요? 엄마들 심정은 다 같은 것 같아요."

"총무님들! 새로 오신 사장님께 인사드리세요. 고현우 사장님이에요."

"집에서는 아빠라고 부르고 독서실에서는 사장님이라고 불러? 하하하!"

설송과 경수, 수미가 현우를 동반하여 남자 열람실과 여자 열람실을 모두 점검하고 사무실로 돌아와서 열람실 장부를 살펴본다.

"거의 모두 한 달씩 다니는 학생들이고 하루짜리는 없네요?"

"네, 그래서 학생들이 일 년 동안 마음 편하게 다녀서 수능도 모두 합격하나 봐요. 그런데 꼭 연초마다 문제아가 하나씩은 있어요. 책가방을 그냥 열람실 자리에 놔두고 축구하러 우장산 공원으로 도망을 가서 밤늦게까지 오질 않아요. 꼭 그런 애들은 떨어져서 울고불고 야단이어서 요즘에는 제가 그냥 우장산까지 올라가요. 저희들 엄마들이 나보고 실장님이 여자라 마음이 편하다고 안심하고 맡겼는데 제가 엄마 노릇을 해야죠."

"하하하! 나는 이제 아빠 심정으로 애들을 대해야겠는데요?"

"그래요. 우리 힘을 합쳐 온 동네 훌륭한 독서실이라고 소문이 날 수 있도록 잘해봅시다. 호호!"

현우가 학생들에게 주려고 직접 대형 슈퍼에 가서 콘이며 우유와 계란, 캔디, 방울토마토, 사과 같은 간식거리를 사와서 밤 열한 시에 나누어주고 학생들의 잠을 깨우며 공부도 가르쳐준다. 하루가 다르게 독서실에 잘 적응하고 있는 현우의 모습을 보고 있으니 설송은 선견지명이 있었나 싶은 생각에 마음이 더욱 뿌듯하였다.

"아빠, 월요일이면 독서실이 쉬는 날인데 우리 나들이 가요. 나는 그동안 혼자 등산을 했어요. 바람도 쐬고 책도 읽고 글도 썼는데, 이제 함께 다녀요."

"그래요. 답답하게 집에서 시간을 보낼 순 없죠. 시원하게 바람도 쐬고 맑은 공기도 마시는 등산, 좋지요. 그럼 내일이 월요일인데, 어디로 갈까요?"

"집에 가는 길에 백화점에 들러서 커플룩으로 등산복이랑 용품도 사요. 아빠하고 똑같은 하얀색 커플로 등산복을 맞춰 사야지!"

똑같은 디자인의 옷을 입고 거울 앞에 선 두 사람의 입가에 흐뭇한 미소가 번진다. 설송은 어리광을 부려본다.

"아직 많이 늙게 보이지는 않죠?"

"네, 아가씨로 보입니다. 하하하하!"

"아빠는 청년으로 보여요. 오늘은 당신이랑 이렇게 나오니까 더욱 기분이 좋아요. 웬 사람들이 이렇게도 많을까요? 어떤 운동보다 등산이 건강에 좋다니까 약으로 알고 다니는 것 같아요. 요즘은 등산이 유행이에요. 그래서 아웃도어가 일상복이 되어버렸어요. 심지어 예식장에도 등산복을 입고 다닌다니까요."

"버스 한 번만 타면 되니까 차를 놔두고 갑시다."

"나 혼자 다닐 때도 그랬어요."

"그럴까요, 설 실장님! 무거운 건 내가 짊어질게요."

설송과 현우가 나란히 배낭을 짊어지고 집을 나선다.

설송은 관악산 표지석 앞에서 사진을 찍고 남편의 손에 의지해 다시 산을 오른다.

"그래도 관악산은 별로 힘 안 들어요. 저기 보세요. 진달래가 아기자기하니 예쁘죠? 관악산에 오면 꼭 시골 마을 한 바퀴 도는 것 같아요. 삭막하지도 않고 그렇게 높지도 않고 군데군데 조각을 해놓은 듯이 멋있는 바위가 많아요. 저 바위 좀 보세요. 꼭 돌고래처럼 생겼죠? 저기 저 바위는 꼭 스님이 앉아 있는 거 같아요. 이 바위는 어쩌면 꼭 두꺼비 같아요. 여기는 꼭 안방 같아요."

"여기서 좀 쉬었다가 올라갑시다. 저기 마당바위에서 쉬어요."

"그래요."

"아이고! 힘들다. 그래도 정상까지 왔네요. 여기서 우리 도시락 먹어요."

설송은 응접실처럼 넓은 바위에 배낭을 풀고 선반 모양의 바위에다 도시락을 풀어놓는다.

"아침에 닭 한 마리를 삶아왔으니 안주 삼아 소주도 한 잔 드시고요."

"언제 이런 준비를 다 했어요? 아주 연하고 꿀맛이네. 당신도, 자! 커피 한잔해요."

"참, 행복해요."

"나도 그렇소. 이제 좀 쉬었다가 슬슬 내려가봅시다."

집에 도착하자마자 현우는 샤워를 끝내고 블로그에 사진을 올린다.

"어머나! 멋있어요! 나 아직은 그렇게 늙어 보이지 않네요. 나는 심심하면 앨범을 꺼내보곤 했는데 이젠 컴퓨터에 올려놓고 보아 야겠어요. 우리가 간 정상이랑 마당바위 그리고 계곡물도 선명하 게 나왔어요. 이건 우리 점심 먹으며 찍은 장면이네요. 아빠 닭다 리 뜯는 모습이 너무 터프해요. 호! 호! 호호! 커피 마시는 제 모습 도 멋지죠? 앨범으로 사진을 볼 때랑은 너무 다르네요. 더 멋있고 재밌고 행복해요. 세상이 바뀌고 생활이 편해져서 좋긴 좋은데 사 람들의 정이 메말라가는 건 안타까워요. 하지만 어떻든 오늘은 정 말 행복해요."

그날 밤 설송은 잠결에 끊이지 않고 계속 울리는 전화벨 소리에 정신을 차려본다.

"엄마! 새벽에 브로닌이랑 병원에 왔는데, 방금 딸을 낳았어요."

성철의 당황스러운 목소리다.

"아니, 아직 예정일이 좀 남았잖아. 암튼 고생했다. 그리고 축하 한다! 지금 가마."

"아녜요. 산모랑 아인 모두 건강하구요. 자연분만이라 내일 아 침 일찍 퇴원하라고 해요. 그러니까 그냥 내일 집으로 오세요."

전화벨 소리에 잠이 깬 남편도 눈이 휘둥그레진다.

설송은 정신없이 아침을 챙겨먹고 손수 만들어놓은 배냇저고리 와 케이프 그리고 작은 포대기를 싣고 현우와 함께 백화점 유아용 품 코너에 간다. 할머니 할아버지가 되었다는 즐거움과 행복감에 설송은 인형에게나 어울릴 것 같은 앙증맞은 신발과 양말을 들고 현우를 부른다.

"아이고! 너무 예쁘고 귀엽기도 해라. 성철이 딸이 이 신 신고 걸어다니면 얼마나 예쁠까요? 모자는 이걸로 해야겠어요. 좀 봐요. 내가 만들어놓은 케이프랑 마치 세트처럼 잘 어울리지요?"

설송은 모빌, 젖병 소독기, 가습기 등을 고른다. 현우는 아이 용품을 돌아보면서 강현자가 성은과 성민을 낳았을 때 강현자와 함께 쇼핑하던 때가 떠오른다. 설송은 이것저것 아기 옷을 사서 양손에 들고 성철이 집으로 가는 길에 성철을 낳았을 때가 떠오른다. 그때 시어머니가 일곱이레가 지날 동안 몸조리를 잘해야 한다며, 찬바람을 쏘이면 몸에 바람이 들고 나이 들어서는 뼈가 아프다며 밖에 나오면 안 된다, 단단한 음식 깨물어 먹으면 이빨 다 상하고 매운 음식은 위장을 버린다, 책을 너무 보면 눈 버린다고 하며 살펴주던 때가 생각난다. 잘 먹어야 한다며 하루도 거르지 않고 소고기 미역국을 끓여주고 흑염소 보약을 해주던 생각에 자신도 브로닌에게 잘해주어야겠다는 생각을 한다.

"아! 내 정신 좀 봐. 아빠 다시 차 돌려요."

"왜요? 무얼 빠뜨렸소?"

"네, 제일 중요한 것이 빠졌어요. 미역하고 소고기요."

설송과 남편은 마치 오늘을 위해서 살아온 것 같다. 내친걸음에 한의원에 들러서 한약을 맞추고, 잉어도 한 마리 사서 싣고 아들집에 도착을 한다.

"어디 보자. 어머나! 어쩜 이리도 브로닌을 닮았을까? 너무 예쁘다. 피부도 하얗고 코도 오똑하고!"

"우리 집에 미스코리아 하나 탄생했네. 아이고! 이 손 좀 봐요. 세상에 이렇게 예쁜 손가락이 또 어디 있을까요? 손가락 긴 거하고 검지발가락이 엄지발가락보다 더 길고 발가락 사이가 넓게 벌어져 있는 것은 딱 성철이 판박이네요."

현우도 입이 찢어져라 웃으며 조심해서 갓난아이를 안아본다.

"내가 니 할아버지다. 어디 한번 보자. 참 예쁘게도 생겼구나."

브로닌 입가에도 미소가 포근하게 번진다.

"시아빠, 이름도 지었어요."

"뭐라고? 언제?"

"고혜린이라고, 성철 씨가 아이 낳기 전부터 지어두었대요."

"벌써? 이름까지……. 그래, 참 예쁘다. 고. 혜. 린."

설송은 큰 찜통에 잉어와 한약재를 넣고 가스 불을 켜면서 도우미 아줌마에게 소고기 미역국을 끓여 하루에 다섯 번씩 주라고 당부를 한다.

"아줌마, 정성껏 끓여서 산모에게 잘 먹여주세요. 한약도 올 테니 잘 챙겨주시구요. 몸조리 잘해서 건강하게 강단에 설 수 있도록 특별히 신경 좀 써주세요. 잘 부탁드릴게요."

"네, 잘 알았습니다. 걱정 마세요, 할머니. 잘해드릴게요."

"우리 성철이가 아이를 낳으니까 난 저절로 할머니가 돼버리네. 나는 칠십을 먹고 팔십을 먹어도 절대로 늙지 않으려고 생각했는데……."

설송이 기쁨에 찬 감탄을 한다. 도우미 아줌마가 미역국을 끓여 온다. 브로닌은 아기를 쳐다보며 놀란 듯이 말한다.

"밥을 또 먹어요? 아직 저녁 먹을 시간이 아닌데요? 시엄마도 같이 드세요."

"너나 어서 먹어라. 아이 낳고는 하루에 다섯 번씩 먹어야 한단다. 어서 먹어, 그리고 찬물은 마시지 말고 찬바람도 쐬지 말고 몸은 항상 따뜻하게 해야 한다. 단단한 것 함부로 씹어 먹으면 이가 상해. 명심해라."

설송은 시어머니가 그랬던 것처럼 며느리를 챙기고 남편과 함께 아이를 한 번씩 더 안아보고 아쉬운 걸음을 돌린다.

설송은 운전하는 남편 옆에서 여유롭게 책을 보며 북한산에 도착한다. 그리고 짙게 물든 단풍나무 아래서 도시락을 먹으며 땀을 식히고 있다. 지나가는 사람들은 설송 부부를 쳐다보면서 "멋있으세요, 좋아 보여요, 행복하게 보입니다" 저마다 한마디씩 말을 건네 설송의 행복을 축하해준다. 설송은 이 행복한 순간을 사진으로 기록하는 것도 잊지 않는다. 알록달록 등산복 입은 사람들이 단풍보다 더 화려하게 가을 숲을 이룬다.

북한산 정상에서 서울 시내를 내려다보며 북한산이 최고로 단풍도 아름답고 바람도 시원하다는 생각을 한다.

"확실히 등산이 좋긴 좋은가 봐요. 땀을 뻘뻘 흘리고 숨을 헥헥거리면서도 가는 곳마다 무슨 사람들이 이리도 많은지. 휴일 저녁 뉴스를 보면 전국에 있는 산마다 사람으로 무너질 것 같아요. 나도 한 십 년 등산한 덕분인지, 예전에는 버스 한 정거장도 차를 타야 했는데 이제는 전철역 두세 정거장 정도는 거뜬하게 걸을 수 있어요."

현우가 야호, 야호 하고 외치자 저쪽 산에서 야호 하고 메아리가 되울려온다. 현우의 메아리 소리 따라 '나는 이만기다'며 큰소리로 외치는 설송의 메아리가 다시 들려온다.

"하하하하! 자, 이제 내려갑시다. 내려갈 때가 더 위험해요. 보폭을 좁게 하고 몸을 옆으로 돌아서 조심조심, 잘 딛고 가야 해요. 자칫 발 한번 잘못 딛었다가 넘어지면……."

"아앗!"

현우의 말이 떨어지기가 무섭게 설송이 풀썩, 중심을 잃고 넘어져버렸다. 아무리 일어나려 해도 허리를 움직일 수가 없었다. 현우가 설송을 일으켜보려고 안간힘을 쓰는데 아무래도 역부족이다. 사람들이 웅성거린다.

"큰일 났네. 허리를 많이 다쳤나 보네."

헬리콥터가 도착하고 설송을 시체처럼 꽁꽁 묶어서 흙바람을 일으키며 떠오른다. 설송은 헬리콥터에 실려 가는 순간에도 책을 내고 죽어야 한다는 생각뿐이다. 현우는 전화를 가져오지 않았는데 때마침 지나가던 등산객의 신고 덕분에 설송은 안전하게 이송

될 수 있었다.

"지금으로 봐선 괜찮을 것 같은데, 그래도 혹시 모르니 하룻밤 보내면서 경과를 지켜봅시다."

설송은 차츰 허리 통증이 가라앉는 것으로 보아 큰 사고는 아닌 것 같아 다행이라고 생각하며 응급실에서 하룻밤을 보낸다.

"감사합니다! 선생님, 정말 감사합니다!"

의사에게 몇 번이고 고맙다는 인사를 하고 안도의 숨을 쉬며 집에 돌아온 현우는 어제 산행을 블로그에 올리느라 정신이 없다.

"여보, 빨리 와서 여기 사진 봐요. 얼마나 혼났는지, 아이고, 난 딱 홀아비가 되는 줄 알았어요."

현우는 놀란 표정을 하며 사진을 더욱 사랑스러운 눈으로 쳐다본다. 설송도 그런 남편의 모습에 더욱 뜨거운 사랑을 느끼면서 사진을 본다.

"나는 인터넷을 활용하는 친구가 없는데 아빠는 좋겠네요. 부러워요."

남편이 화면을 가리키며 말한다.

"우리 이야기를 궁금해하는 팬이 제법 많이 생겼어요. 성철이, 독서실 경수와 수미는 물론이고, 친구 우균, 남길, 영선, 제주 김군 그리고 김홍식, 근배 삼촌, 고향집 영기 아저씨, 큰댁 연제 합쳐 열 명이 넘어요. 퐁당퐁당 박영감과 이영희 씨도 있고."

"아빠는 좋겠다. 내가 인터넷을 활용하는 방법이라곤 기껏해야 내게 메일쓰기에다 읽은 책 제목 쓰고, 기억하고 싶은 좋은 문구

올리는 게 전분데. 부럽네요. 야! 아빠 팬들이 정말 좋아하겠어요. 단풍색이 어쩌면 이렇게도 예쁠까요? 세상 어디에 이런 색 물감이 있겠어요? 하나님이 만든 자연은 정말 신비스럽죠? 봄에는 봄철답게 울긋불긋 꽃 잔치, 여름에는 여름철답게 신록이 우거지고, 가을에는 가을철답게 붉게 타오르는 멋진 단풍, 겨울에는 겨울철답게 온 세상이 하얀 벚꽃보다 더 아름다운 눈꽃으로 물들죠."

"철따라 제 몫을 다하는 자연은 정말 대단해요. 그래서 철없는 사람을 말할 때 계절을 빗대어 철이 있다 없다 한대요. 요즘 자기 나이에 맞게 철든 사람이 어디 흔하나요? 아무튼 이번 북한산 단풍도 두고두고 심심할 때 보면 너무 좋겠어요. 이제는 앨범을 펼쳐보는 것보다 컴퓨터에 올려놓은 사진을 더 재밌게 볼 것 같네요."

독서실 쉬는 월요일 날이어서 설송이 늦잠을 자고 깨어 시계를 보니 일곱 시다. 꽃비가 촉촉하게 창문을 두드린다. 행여나 현우가 깰세라 조심조심 불을 켜고 남편 얼굴을 바라보며 일기를 쓴다.

나의 행복

화장대 서랍 깊숙이 넣어두고 당신이 보고 싶을 때마다 몰래 꺼내보던 당신이 준 만년필로 글을 써요. 시집오던 첫날부터 아빠라고 부르며 행복하게 살겠다는 당신을 마음에 품고만 살다가 35년 만에 다시 만나서 부르며 지내는 하루하루가 마치 꿈속 같아요. 지난번 관악산에 갈 때는 보기도 아까운 당신의 뒷모습에 취해 나도 모르게 남자 화장실까지 따라 들어갔던 일이 생각나네요. 우리의 인생 무대에 하루하루 아름답고 멋진 드라마로 행복한 추억을 만들며 지내는 나는 지금 너무나도 행복해요. 당신만을 바라보며 해가 떠서 질 때까지 철따라 산과 들로 졸졸 따라다니며, 전국에서 열리는 축제를 찾아다니는 나의 삶이 너무 행복하답니다. 당신에게 느끼는 뜨거운 마음은 어느 청춘보다 더하니, 난 얼마나 복이 많은 여자입니까? 한때 나는 왜 복 없는 여자로 태어났을까 생각하며 견뎌온 세월이 꿈만 같네요. 당신의 행복은 나의 행복이요, 나의 행복은 당신의 행복입니다. 나를 이렇게 행복한 여자로 만들어준 당신을 진심으로 사랑합니다. 아빠, 우리 하루 매 순간 아끼며 살아요. 보기도 아까운 나의 아빠, 어제도 성철이 아이 혜린이를 보고 집으로 돌아오면서 당신과 함께라는 사실에 얼마나 행복했는지 몰라요. 만약 아직도 당신이 나에게로 돌아오지 않았으면 얼마나 초라한 할머니의 모습이었을까 생각해볼 때 더욱 우리 부부가 멋있는 할머니가 되고 할아버지가 되었다는 현실에 그냥 행복합니다.

"아빠, 이제 일어나세요. 오늘은 밖으로 나갈 수 없겠는데요. 창밖에 꽃비가 내리고 있어요. 비가 얼마나 많이 내리려는지 아직까지 하늘이 깜깜해요."

아침을 함께 먹고 설거지를 하는 설송의 핸드폰에 하늘이라는 닉네임이 뜬다.

"어디예요? 언제 나가셨어요? 지금 우산 가지고 나갈게요."

설송은 설거지하던 것을 멈추고 얼른 현우를 데리러 나간다.

"이렇게 비가 많이 올 줄 모르고. 오늘은 집에서 영화나 볼까 하고 DVD 빌리러 나갔는데……."

함께 집에 와 설송은 서둘러 설거지를 마치고 현우 옆에 자리를 잡는다.

"자, 무엇부터 볼까요?"

"어디 보자. 어휴! 많이도 빌려오셨네. 바람과 함께 사라지다, 십계, 벤허, 태양은 가득히, 돌아오지 않는 강, 이유 없는 반항, OK 목장의 결투!"

현우가 만지작거리더니 그중 하나를 집어 든다.

"난, 마릴린 먼로 나오는 돌아오지 않는 강부터 보고 싶은데."

"왜? 먼로 궁둥이 보려고요? 저는 삼국지 먼저 보고 싶어요."

"그럼 그래요. 내가 뭐 권한이 있나요? 하하하하!"

"권한이요? 무슨 권한씩이나. 호호! 삼국지 주제가가 너무 좋아 그래요. 꼭 시처럼 마음에 감동을 주거든요."

"무서운 전쟁영화 같지 않고 꼭 순정영화 같은 느낌인걸!"

"잠깐만요! 저 메모 좀 하구요."

현우는 화면을 중지해놓고 설송이 메모하는 모습을 사랑스럽게 쳐다본다.

"메모하기 좋아하는 사람은 영화 주제가도 다 메모를 하오?"

"그럼요. 기억해둘 것은 꼭 적어둬요. 드라마나 영화를 볼 때나 라디오를 듣거나 신문을 볼 때도 마찬가진걸요."

설송은 메모지에 삼국지 주제가를 쓴다.

장강 물은 동으로 흐르고 영웅들은 파도처럼 밀려오는데
모든 영욕은 뜬구름 같은 것 세월만 흐르는구나
백발의 노인들은 강둑에 앉아서 가을달을 감상하며 담소를 나눈다

"당신, 무엇보다 메모하는 습관이 참으로 좋은 것 같아요. 나는 잘 안 되던데."

"일기를 써온 것이 기록하는 습관으로 굳은 것 같아요. 나는 국민학교 졸업 후부터 쭉 일기를 써왔거든요. 밥 한 끼는 건너뛰어도 여태 일기 쓰기는 하루도 거른 적이 없어요. 이제는 무엇보다 소중한 내 삶의 일부가 되었어요. 일기는 나의 거울이요, 벗이요, 생명이에요. 사실 우리가 하루하루 산다는 것도 삶의 흔적을 아름답게 남기기 위한 것 아니겠어요? 일기는 거짓으로는 쓸 수가 없잖아요. 난 진실한 흔적만 남기며 살고 싶어요. 대신 아빠는 시를 많이 외우시잖아요. 당신이 목욕탕에서 시를 외울 때 울려 나오는 목소리가 나에게는 마치 생명수처럼 멋지게 들려요. 나는 남의 시는 금방 잊어버리고 잘 못 외우겠더라고요. '님의 침묵'이나 '향수' 같은 긴 시는 몇 차례나 외워도 금방 잊어먹더라고요. '젖지 않고 피는 꽃이 어디 있으랴', '누군가 그리운 날에는 바람으로 살고 싶다' 이 시 두 구절은 짧아도 마음에 와 닿아서 잊지 않고 외워요. 그리고 그냥 좌우명으로 삼고 있는 게 있어요. '연꽃은 진흙탕 속에서

도 자기의 아름다움을 잃지 않는다.' 이 시는 내 작품이에요.

이렇게 당신이랑 나란히 누워 얘기하며 영화를 보니 친정 아버지 생각이 나네요. 영화 보러 다니면 버린다, 교회 다니면 버린다 하시며 어찌나 단속을 하셨는지. 그래도 지금 생각해보니 정말 그 말씀이 맞는 것 같아요.

하지만 지금은 집에서 살림만 하는 여자가 없어요. 한 살이건 두 살이건 놀이방이나 어린이집, 유치원에 맡기죠. 자식은 품에 안고 엄마 얼굴을 만지게 하며 젖을 먹이며 눈을 맞추고 마음도 맞춰야 정도 생기는데…… 엄마 따라다니며 살림살이 배우며 사랑도 배우고 정도 깊어지는데, 친정 엄마 보고 며느리 얻는다는 말도 이젠 다 옛말인 것 같아요. 좋은 대학을 나오고 돈벌이만 잘하면 성공한다고 여기는 세상이 돼버렸어요. 사람들의 세상살이도 모두 다 바뀌고 속담도 모두 바뀐 것 같아요. 여자 목소리가 담장을 넘으면 집안이 망한다는 말은 남자가 간이 커야 목소리 낸다는 말로 변한걸요. 여자와 바가지는 밖으로 내돌리면 깨어진다는 말은 여자가 놀면 집안이 망한다로 다 바뀌었어요. 봐요. 옛날에는 연애도, 이혼도, 재혼도 모두 가문에 먹칠하는 짓이라 했는데 지금은 연애하라고 등 떠밀고 살기 힘들면 이혼해라, 재혼해라 너무도 당당하게 말하잖아요.

정말 큰일인 건 요즘 사람들이 부끄러움을 모른다는 거죠. 옛날에는 부부라도 낮에는 남 보듯이 하고 밤에 님 보듯이 하라 했는데 요즘 젊은 사람들은 거리에서나 전철 안에서나 주위 사람의 시선은 안중에도 없는 것 같아요. 나는 지금도 아빠 사랑을 내 마음 깊은 곳에 보물처럼 간직해놓고 있어요. 그 사랑의 진실됨을 아무도 모를걸요."

현우가 감동을 받은 듯이 입을 연다.

"정말 나는 당신이 날 사랑하는 것만큼 내가 당신을 사랑하지 못한 거 같아요. 이제부터라도 못다한 사랑을 듬뿍 쏟을 거요."

"고마워요. 나도 당신을 내 마음속 깊은 곳에 꼭꼭 숨겨놓을 거예요."

"우리 점심 먹고는 뭐할까요? 아무래도 오늘은 하루 종일 방 안에서 살아야겠는데요."

"아빠 우리 장기놀이 한번 해요."

"장이야!"

거실에 울리는 웃음이 메아리처럼 쟁쟁하다.

"아니, 어른하고 장길 둘 때는 장 받으세요,라고 해야죠?"

"네? 정말이요?"

"그럼요."

"성철이한테 배울 땐 그런 말 못 들었는데요. 어른이 홍색 잡는 것이라는 말만 하던데……."

"장이야! 멍이야!"

"장이야! 멍이야! 어허, 이거 차도 떼고 포도 떼고 놓아야지 안 되겠는데요."

"차, 포 다 떼고 놓으면 누가 못 이길까 봐요? 하지만 싱거워서 무슨 재미로 둬요? 이대로 그냥 둬요. 이기면 뭐하고 지면 또 어때요. 지면 다시 또 두면 되지 뭐가 걱정이에요?"

"당신은 정말 승부욕이 없구려. 하기야 여태 그런 마음으로 살아서 그런지 남보다 더 건강하고 즐겁고 젊게 사는 것 같아요."

"그러면 꼭 이기려고만 장기를 두나요? 우리 사이에 지면 지는 대로 이기면 이기는 대로 꼭 승부를 낼 필요가 있나요? 시간도 보내고 뇌도 훈련시키면 그걸로 되는 거죠. 무엇보다도 우리 둘이 마주보고 앉아서 즐겁게 시간을 보낸다는 것이 중요하지요. 지금 우리 몸 안에서 엔도르핀이 얼마나 많이 생기겠어요? 정신과 의사이자 뇌 과학자 이시형 박사는 《세로토닌하라》에서 사람이 일을 하든지 놀든지 스트레스로 병 얻지 말고 즐겁게 살아가야 한다고 했어요. 저는 그렇게 생각해요.

엄마가 아이를 품고 열 달 동안 태교를 하는 것처럼 인생도 평생 태교하는 마음가짐으로 좋은 것만 보고 좋은 말을 하고 좋은 음식을 먹고 좋은 행동을 하며 죽을 때까지 하루하루를 조심조심 살아야겠다는 생각이 들더라고요. 요즘 뉴스에 나오는 사람들을 보면 너무 안타까운 생각에 마음 아파요. 머리 써 고생해서 얻은 '사'자 직업도, 어렵게 얻은 명예도, 유명한 학벌도 한순간에 무너져버리는 성추행 범죄자도 있고, 부모 자식 간에도 살인이 일어나고, 강도 절도 아이고, 뉴스를 보기가 싫어요. 뉴스 보다가 심장병 걸리고 막장드라마 보다가 정신병 걸리겠어요. 세상이 어떻게 돌아가는지 정신이 혼란스러워요. 우리 후세들이 안타깝다는 생각이 다 들어요."

"그럼, 지금 우리도 장기를 두는 것이 아니라 인생 태교를 하는 것이네요."

"그렇죠. 나는 주로 책을 읽으면서 인생 태교를 해요. 혼자 살 때는 월요일에 등산을 가거나, 산에 가지 않을 때는 종각에 있는 서점을 돌아다니며 책을 읽고 지냈어요. 읽은 책을 일기장에 메모하고 마음에도 글을 쓰면서요. 사람은 역시 책을 많이 읽으며 살아야 행복하다는 생각을 해요. 요즘은 백지연 앵커가 쓴 책을 읽고 있는데 '마음을 운전하라'고 하더라고요. 생활에 많이 적용이 돼요. 성철이에게 장기를 배울 때에도 공부하는 마음으로 배웠어요.

그럼, 지금은 우리의 행복과 사랑 건강까지 체크하는 것이죠? 호호호! 얼마나 좋아요. 이렇게 우리 둘이 응접실에 마주앉아 처마 끝에 떨어지는 낙숫물 소리를 들으며 쉬는 날을 즐기고 있잖아요. 지금 이 순간도 거저 생긴 일이 아니에요. 다 처음부터 한 나와의 약속이에요. 내 마음 속으로 육간 대청마루에 마주앉아 여름이면 한산모시로 지은 한복을 입고 장기 두면서 당신과 사이좋게 나이 들어가는 꿈을 꾸었는데 이렇게 현실로 옮기고 있잖아요. 나는 지금 하나님이 내 기도에 응답하셨구나 하고 감사의 기도를 해요."

"미안하구려. 당신 꿈을 이제야 풀어주게 돼서 나는 정말 당신한테 할 말이 없소이다."

"아니에요. 듣기 좋은 꽃노래도 삼세 번이면 듣기 싫다고 했잖아요. 옛날부터 비 오는 날마다 장기를 두었다면 지금쯤 지겨워했을지도 모르죠. 이 시간을 이렇게 고맙게 느끼기나 하겠어요?"

"장이야, 멍이야! 어, 외통수다!"

"아빠, 육간대청 마루가 응접실로 변하고 제 옷이 한산모시가 아닌 검정색 롱드레스이지만 비 오는 하루도 재밌게 지나갔네요. 오늘 밤 일기장에는 제가 소망하던 것을 이루어가는 오늘 하루의 행복이 춤을 춘다고 쓸 거예요."

한참 인터넷을 검색하던 현우가 다정하게 설송을 부른다.

"여보, 오늘은 부천에서 열리는 백만 송이 장미 축제에 갈까요?"

"너무 좋아요. 아빠, 우리가 실버시대에 들어선 것을 나라에서도 축복해주는 것 같아요."

"옛날에는 다들 먹고사느라 정신없어 축제가 어디 있었나요? 정말 우리나라가 나는 너무 좋아요. 축제에 가면 가는 곳곳마다 수많은 사람이 다 어떻게 알고 모이는지, 인터넷 세상이라 그런 거 같기도 하고……. 지금도 아직 전국 축제에 한 번도 못 가고 산 사람도 많겠죠? 세상 변화를 누리고 사는 우리는 행운아예요."

부부는 서둘러 외출 준비를 하고 지하철을 향해 서로 손을 잡고 걸어갔다.

서둘러 온다고 했지만 벌써부터 사람들이 많아 보였다.

"전철에 노인석이 지정되어 있는 것도 너무 고맙고요. 더 늙으면 전철 타고 축제에 다녀요. 그런데 아빠, 사진기 충전했지요?"

"네, 중전마마! 백 프로 충전했습니다!"

"여기 분홍색 장미 앞에서 찍어요. 하얀색은 싫어요. 빨간 장미 꽃에서 찍어요."

현우는 사진기에 눈을 맞추고 버튼을 누른다.

"조금만 더 안쪽으로 들어가 빨간 장미 앞에 서요."

장미밭에서 실컷 사진을 찍고 나더니 설송이 가벼운 목소리로 말한다.

"아빠, 마치 당신에게 장미를 백만 송이 선물 받은 기분이에요."

"그럼! 몰랐수? 내가 어제 밤새도록 당신을 위해 정원을 만들어 놓았지……. 어때요. 내 작품이 당신 맘에 든다니 나도 기분이 좋구려."

행복한 모습을 찍기에 열심인 설송 부부의 모습이 보기 좋다며 사진작가라는 사람이 말을 걸어온다.

"두 분 모습이 아주 예뻐 보입니다."

"아휴! 늙은이들을 잘 봐주시니 부끄럽네요. 예쁘기는 어디가 예쁘겠어요?"

"아니, 고려청자가 어째서 고려청자입니까?"라며 우리 부부에게 덤으로 행복을 선사해주었다.

설송은 메일로 사진을 받기로 하고 주소를 적어주었다.

"아빠, 그래도 우리가 험하게 늙지는 않았나 봐요? 일 년이라도 젊을 때 부지런히 나들이해요. 내년이면 우리 모습이 많이 변할 거예요. 작년에 찍은 사진이 올해보다 더 젊게 보이는 건 어쩔 수 없더라고요."

"내일은 을왕리해수욕장에 가서 망둥이도 잡고 수영도 하며 더위도 피하고 하루 보내고 옵시다."

이른 아침부터 현우는 이리저리 분주하게 움직였다.

"입감이랑 코펠, 가스, 텐트, 칼, 도마, 김치랑 쌀 모두 빠뜨리지 말고 챙겨요."

"네, 짐은 어제 저녁에 다 꾸려놓았는걸요. 바로 출발하면 돼요."

차는 고속도로의 바람과 한 곡의 탱고를 추는 듯하며 달렸다.

"손님, 을왕리해수욕장에 도착했습니다."

"어머나, 벌써요?"

"여기에 텐트를 치면 되겠소?"

"그래요. 식수대랑 화장실이 가까워서 좋네요."

현우는 낚싯대를 들고 바다로 갔다. 설송은 밥을 짓고 매운탕에 들어갈 채소를 손질해두고 낚시에 여념없는 현우에게 다가간다.

"몇 마리나 잡았어요?"

"아직…… 한 마리도 못 잡았어요."

"네? 왜요?"

"쉿! 아직 고기가 들어올 때가 아니에요."

"네? 물고기 잡는 때가 따로 있나요?"

"그럼요. 물이 들어와서 새 물하고 교체될 때, 발바닥이 시원하게 느껴질 때 고기가 확 몰려와요."

"아! 그래요?"

"이제, 예수님도 왔으니 잘 잡힐 거예요."

"예수님이라고요?"

"앗다, 물었다. 하하하! 맞죠? 당신이 예수니~임!"

"앗, 또 물었어요. 어머나! 신기해요. 한 번 물기 시작하니까 계속 무네요."

신이 난 현우는 그물망을 열고 고기를 넣는다.

"그런데 아빠, 저쪽 낚시꾼들은 아직 한 마리도 못 잡고 우리만 쳐다봐요. 부러운가 봐요."

"저 사람들이 몰라서 그래요. 망둥이는 비싼 낚싯대를 가졌다고 꼭 잘 잡는 것이 아니에요. 바다 깊은 곳까지 들어와야지. 낚싯대 던져놓고 릴만 바라보고 있으면 고기가 무나? 온 김에 조금만 더 잡고 나갑시다. 물이 다 들어오면 더는 안 물어요."

현우가 잡은 망둥이가 족히 오십 마리는 된다.

"아빠, 오늘 먹고 남은 고기는 작년처럼 냉동실에 넣어두고 먹어요. 그리고 오늘은 바나나 보트도 한번 타요."

물살을 가르며 달리니 설송 부부는 시원하고 신이 나서 스트레스가 풀리는 것 같았다.

"우리 밥도 남았으니 오늘은 여기서 하룻밤 자고 갑시다."

"아빠, 저기 노을 좀 보세요. 야! 정말 멋있다. 바다에 한 발을 담근 노을이 마치 한 폭의 그림같네요."

"이렇게 누워서 지평선을 바라보니 하늘과 바다가 맞닿아서 온통 다 바다같아요. 정말 신비스럽죠?"

"네, 정말 너무 아름다워요. 낙조는 붙잡을 수는 없어도 마음속에 찰칵 새겨두고 봐야겠네요. 이 즐거운 밤도 오래오래 마음속에 담아두어야지요."

선선한 바람이 부는 바닷가 텐트 속에 설송 부부가 나란히 누워서 주거니 받거니 노을을 노래한다.

어느덧 차가운 바람이 불어와 옷깃을 여미는 계절에 방송국에서 '지금은 실버시대'에 보낸 편지를 녹음방송을 하는데 남편과 함께 오라고 전화가 왔다. 설송 부부는 방송국 방송실에 나란히 앉아서 녹음을 시작하였다.

"안녕하세요. 저는 칠십 대 할머니입니다. 일기를 쓰며 하루하루 살아오면서 '나는 절대로 늙지 않을 거야, 나이가 무슨 상관이냐고 마음만 늙지 않으면 되지' 하는 자세로 살아왔습니다. 하지만 손녀를 보고 나니 피할 수 없이 노인이 되고 말았습니다. 옛날에 친정 아버지가 '청산리 벽계수야 수이감을 자랑마라 일도창해하면 다시 오기 어려우니……'라고 벽에 붙여놓고 외우시면 그땐 뜻도 모르고 들었는데 요즘은 남편이 '오는 백발 가시로 치려 하니 백발이 먼저 알고 지름길로 오더라'며 시를 외우는 걸 들으면 가슴이 무너져 내리고 우리가 늙었구나 싶은 생각에 나도 모르게 눈시울부터 적시게 됩니다. 남편의 머리에 내려앉은 하얀 서리를 보면 내 마음이 더 시려지더라고요."

설송 부부가 녹음방송을 마치고 밖으로 나오니 하얀 눈이 소복소복 쌓여 있는 방송국이 너무나 환상적이라 그 주변까지 빠짐없이 사진기에 추억으로 담고 저녁을 먹으러 간다.

"성철아, 엄마 글이 선정돼서 아빠랑 녹음하러 왔다가 네 얼굴 보고 집에 가려고 전화했는데, 시간 되겠니?"

설송 부부는 방송국 근처에 있는 영양탕 전문식당에서 성철과 만나기로 했다.

"어? 혜린이랑 며느리도 왔네?"

"엄마 아빠, 이리 앉으세요. 혜린이도 영양탕 먹은 지가 오래된 것 같아 제가 나오라고 했어요."

"그래 잘했다. 혜린아, 맛있게 먹자."

"네, 잘 먹을 수 있어요. 할아버지, 아빠랑 엄마랑 많이 먹어보았어요."

가족의 소중함을 더욱 가슴에 새기며 설송은 아름다운 저녁을 만끽했다.

"아빠, 매년 백담사에서 삼박 사일간 만해시인학교가 열리는데 올해는 아빠랑 함께 가고 싶어요. 그동안 나 혼자 다녔거든요."

설송은 현우와 번갈아 운전하며 만해마을에 도착했다. 설송은 혼자 쓸쓸히 다니다가 현우와 함께 오게 된 것이 너무나 뜻깊고 자신의 삶이 얼마나 축복받은 것인지 생각하며 하나님께 감사한 마음으로 현우의 뒤를 졸졸 따라다닌다. 설송은 어떤 여름휴가보다 소중하고 보람차고 기쁘다.

설송 부부는 먼저 이근배 시인의 강의를 들었다.

"여러분! 여자의 몸에서 가장 아름다운 곳이 어느 부분인 줄 아세요?"

모두들 얼굴을 붉히며 어색한 표정으로 쳐다본다.

"여러분! 여자의 신체에서 가장 아름다운 곳은 가슴과 가슴 사이입니다. 이곳의 이름은 무엇일까요?"

모두 킥킥거리며 모르겠다는 표정으로 시인을 바라본다.

"품살이라고 합니다. 우리가 어렸을 때는 가슴을 꽁꽁 묶고 행여나 남이 볼세라 가리고 숨겼는데, 요즘 사람들은 가장 아름다운 곳을 서로 자랑하듯 다 내어놓고 다니니……. 참."

삼 일째가 되자 '그림자'라는 시제가 나왔다. 설송은 곰곰이 생각에 잠기며 시를 쓴다.

봄철이면 눈꽃처럼 피어오른 벚꽃 축제에

우리는 둘이서 나란히 나란히

사진을 찍고 사랑의 그림자도 만들고

여름철이면 뜨거운 햇빛 받으며

수영도 하고 낚시질도 하고

우리는 둘이서 나란히 나란히

사진을 찍고 사랑의 그림자도 만들고

가을철이면 바스락거리는 단풍 밟으며

장미꽃보다 더 환상적인 빨강 단풍을

우리는 둘이서 나란히 나란히

사진을 찍고 그림자도 만들고

겨울에는 집 앞 교회 화단

피어오른 눈꽃송이 꺾어보며

우리는 둘이서 나란히 나란히

봄 여름 가을 겨울

우리는 둘이서 나란히 나란히

멋있게 사진을 찍으며

아름답게 그림자를 그려갑니다

사랑을 그려갑니다

설송은 남편을 다시 만나고 신혼으로 돌아가서 살고 있는 요즘 심정을 '그림자'라는 제목으로 원고지에 그렸다. 현우가 설송에게 엄지를 들어 올린다.

"잘 썼어요!"

"그냥 생각하고 말 것도 없이 우리가 날마다 즐겁고 행복하게 사는 모습 그대로 썼어요. 시제를 받고 보니 당신을 졸졸 따라다니며 지내는 내 모습이 딱 떠올랐거든요."

"그래요, 잘 했어요. 그럼 또 오늘을 사진으로 기념해볼까요."

강의를 한 시인과 사진도 찍고 김주형 선생과 조정래 소설가의 사인도 받고 설송 부부는 집으로 돌아온다.

"여보세요? 네, 제가 설송입니다."

"크로커다일입니다. 설송 님께서 '나도 신사임당이다' 공모전에 보내주신 작품이 차상으로 선정됐습니다. 신분증을 복사해서 팩스로 보내주시면 상금을 보내드리겠습니다."

설송은 받은 상금을 신사임당 초상화가 그려진 오만 원권으로 교환하고 꽃봉투에 사랑한다는 메모와 함께 한 장씩 넣은 뒤에 남편의 75세 생일 파티에 모인 식구들에게 나눠주었다. 봉투를 받아든 며느리는 시어머니 멋쟁이라고 좋아하고 수미는 액자에 넣어서 독서실에 걸어놓을 거라며 가족들 모두 살아 있는 신사임당을 세상이 이제서야 알아본 것이라고 수상을 축하해주었다.

20막

실미도

새벽부터 집 앞에 승용차가 줄을 선다. 설송네 부부는 설국네와 성은네, 독서실 경수와 수미까지 여름휴가 삼아 실미도에서 하루를 같이 보내기로 한 것이다. 설송은 조카의 옆구리를 툭 친다.

"상훈아, 옆구리 안 시리니? 여기 딱 한 사람이 있으면 완벽할 텐데, 아쉽다."

"참, 고모…… 저는 결혼 안 한다니까 자꾸 그러셔."

"아니, 그럼 중국 친구는? 우리는 당연하게 결혼할 사이인 줄 알고 있었는데……."

"우린 그냥 친구라고요, 친구!"

"너네 엄마가 얼마나 며느리를 얻고 싶어 하고, 손자도 안아보고 싶어 하는 줄 알기나 하냐?"

"고모는, 요즘 누가 장가가고 아이를 낳아요?"

"어휴, 총각인 네가 어떻게 네 엄마 마음을 알겠니?"

설송 가족은 가는 길에 성은네 가족을 태우고 실미도로 출발한다. 인천공항을 지나서 이십 분 정도 달려 무의도에 도착을 해서 타고 온 차를 배에 싣고는 모두 배 위 옥상으로 올라간다.

"혜린아, 이리 서 봐라. 할아버지가 사진 찍어줄게."

브로닌도 재빠르게 성철과 나란히 선다.

"시아빠, 우리도 찍어주세요."

"그래, 비스듬히 서서 저쪽을 바라봐. 뒷모습으로 멋지게 찍어줄게."

"자, 성은이 성민이도 서봐라. 아빠가 멋있게 찍어줄게."

"우리도 찍어줄래?"

"그래요. 작은엄마, 시엄마."

설송네 가족은 시원하게 불어오는 푸른 바닷바람을 맞으며 사진을 찍으면서 즐거운 시간을 보낸다. 배에서 내려 다시 차를 타고 이십 분 정도를 더 들어가니 실미도가 나온다. 성철이 먼저 큰소리로 외친다.

"저기가 실미도인가 봐요. 실미도 영화 포스터도 보여요."

실미도가 바라다보이는 무의도 앞 바닷가에 텐트를 치고 식당에서 설송네 가족은 점심을 먹는다. 설국과 성철, 현우와 상훈 그리고 경수는 바닷가에선 꼭 회를 먹어야 한다고 하고, 브로닌과 성은과 성민 그리고 수미는 조개구이를, 강현자와 설국의 아내 그리고 설송은 뜨끈한 매운탕을 먹는다. 혜린은 라면이 제일 맛있다며 입을 조그맣게 오므리며 먹는다.

늦은 점심을 먹은 가족들은 모두 텐트로 모여 앉는데 현우가 실미도로 건너가는 사람들을 가리킨다.

"우리도 실미도에 한번 들어가볼까?"

"그래요. 우리도 가요."

그런데 모두들 수영을 한다 하고는 설송 혼자만 따라나선다. 현우가 징검다리에 첫발을 내딛고 뒤따라 설송도 조심조심 걸으며 생각한다.

'지금 내가 징검다리에서 발을 옮기는 것이 마치 신중하게 내 인생길을 걷는 것과 같구나. 위태로운 삶을 미끄러지지 않고 지나온 내 세월 같아.'

"아빠, 조금만 천천히 가세요. 미끄러워서 겁나요."

현우가 뒤돌아 손을 내민다.

"아니에요, 속도만 조금 늦춰주면 돼요. 혼자 갈 수 있어요."

먼저 땅을 밟은 현우가 설송의 손을 잡아 끌어당긴다.

"이렇게 긴 징검다리는 처음이에요."

"나도 처음이오. 마치 우리 인생길을 건너온 것 같지 않소?"

"나도 그런 생각을 했는데, 호호호!"

설송은 무의도 쪽을 바라보며 사람 물결 사이에서 행여 가족들이 보이나 살폈지만 누구인지는 알아볼 수는 없다.

"바다를 걸어서 올 수 있다는 게 너무나 신기해요. 우리 저기 산모퉁이까지 돌아가봐요."

"아! 기분이 너무 좋군!"

"이곳은 완전히 별천진데요."

"우리 둘이서 무인도에 있다니……."

설송이 노래를 부르자 현우도 따라 부른다.

바람이 불면

산 위에 올라 노래를 부르리라

그대 창까지 달 밝은 밤은

호수에 나가 가만히 말하리라

못 잊는다고 못 잊는다고

진정 이토록 못 잊을 줄은

세월이 물같이 흐른 후에야

고요한 사랑이 메아리친다

"너무 좋아요. 저 우리 가족들이 있는 무의도까지 두 팔 활짝 펴서 날아가고 싶어요."

현우가 설송을 뒤에서 껴안으며 눈을 감으라고 말한다.

"자, 우리 지금 행글라이더를 탄 거요. 어디 한번 날아가볼까요?"

"호호호! 정말로 행글라이더를 탄 것 같은데요."

"아, 기분 좋다! 십 년은 더 젊어진 것 같은걸."

"그래요. 우리는 시곗바늘을 거꾸로 돌려놓고 살고 있잖아요. 보는 사람들마다 열 살은 젊게 봐주는데 오늘이 지나면 이십 년은 더 젊게 보겠는걸요."

설송 부부가 한참 산모퉁이를 돌고 있는데 스피커를 통해 들린 소리가 다급하다. 그제야 주위를 둘러보니 사람들 무리가 징검다리를 건너 되돌아가고 있다.

"아직까지 실미도에 계신 분들은 어서 서둘러 나오세요. 지금 물이 빠르게 들어오고 있어요. 더 늦으면 못 나옵니다."

"웅? 사람들이 안 보여요. 아무래도 우리가 늦은 것 같은데요?"

"어쩌지. 이거 큰일 났네."

"물이 들면 징검다리가 없어지나 봐요?"

"그러게 말이오. 나도 처음이라…… 몰랐어요."

징검다리를 한 열 발짝쯤 떼었을까, 또다시 다급한 목소리가 스피커를 탄다.

"지금 나오고 있는 두 분은 빨리 되돌아가십시오. 위험해요. 이제는 나올 수가 없습니다. 내일 새벽 세 시에 물이 나가면 그때 나오셔야 합니다."

"어떡해요? 아빠, 발이 바닥에 닿지 않아요. 어떡해…… 곧, 몸이…… 빠질 것 같아요."

"자, 침착하게! 내 손을 잡아요. 다시 돌아갑시다."

"네, 그래요, 빨리 가요. 잘못하면 이대로 물고기 밥이 될 것만 같아요."

가까스로 바다 밖으로 나온 설송은 안도의 숨을 몰아쉬었다.

"아이고, 십 년 감수했네. 정말 혼났네요."

"그러게 말이오. 정말이지 큰일 날 뻔했어요. 하하하하!"

"어찌 한 치 앞도 모르고 이렇게 살고 있는지…… 십 년 젊어진 것 금방 다시 까먹었어요. 호호호!"

"징검다리가 무의도랑 실미도를 이어주는 거라 생각 못했소."

징검다리를 건너다 물에 빠진 설송의 핸드폰이 먹통이 돼버렸다. 가족들에게 연락할 방법도 없고 꼼짝없이 새벽이 되어 징검다리가 다시 나타날 때까지 갇혀 있어야 할 상황이다. 그러나 설송은 되레 행복한 듯 혼잣말을 한다.

'아, 하나님. 제게 이토록 큰 축복을 주시다니, 정말 감사합니다!'

"아빠. 정말 하나님이 우릴 많이 사랑하시나 봐요. 제아무리 돈이 많다고 어느 누가 무인도 하나를 통째로 사서 하룻밤을 보내겠어요?"

"참, 당신 대단하오! 이런 상황에서 어떻게 그런 생각을 할 수 있소? 맞아요. 당신 생각이 옳소. 이왕지사 이렇게 된 거 이리 와요. 하늘 아래 우리 단둘뿐이오. 지금 이 순간을 즐깁시다."

설송이 현우의 품에 안긴다.

"아, 저 높고 넓은 하늘에 떠 있는 별들도 우리를 축복해주고 있어요."

"아빠, 나 졸려요."

"나도 졸리는구려. 그냥 이대로 내 품에서 잠들어요."

용광로처럼 뜨겁던 한여름 열기가 식자 찬 기운 때문에 두 사람은 몸을 동글린다.

"아빠, 추워요."

"어떡하지. 마땅히 덮을 것이라곤 전혀 없는데."

"아빠, 저기…… 고기 잡고 버려놓은 그물이 많이 있네요. 그물을 덮어볼까요?"

설송이 먼저 그물로 몸을 덮는다.

"제법 따뜻해요. 그런데 몇 시쯤 됐을까요?"

"글쎄, 한두 시쯤 되지 않았을까요?"

"우리 조금만 더 버텨요."

현우도 추웠는지 그물을 돌돌 만다.

"저기, 별 좀 봐요. 서울 하늘에서는 보이지 않아 다 없어진 줄 알았는데 이곳으로 모두 이사 왔나 봐요."

"서울의 별은 모두 땅으로 떨어졌어요. 밤에 승용차에서 비추는 불빛을 보면 마치 하늘에 떠 있어야 할 별이 땅에서 반짝거리는 것처럼 보이더라고요."

"그 말도 맞네요. 옛날 보릿고개로 배곯던 시절이 언제 이렇게 변했는지."

"지금은 날마다 세상이 변하는 것 같아요."

"요즘엔 쌍둥이도 세대차이가 난다는데 뭐, 더 이상 할 말이 있겠소."

두런두런 이야기를 하며 설송 부부가 황홀한 하룻밤을 보내는데 둔탁한 스피커 소리가 반갑게 들린다.

"아, 아. 거기 어제 실미도에서 나오지 못하고 주무신 분들, 이제 나오셔도 됩니다. 서둘러서 나오시기 바랍니다."

"어머나, 신기하게도 징검다리가 다시 나타났어요."

설송 부부는 새벽 달빛에 의지하여 징검다리를 하나 둘 세어가며 무의도로 빠져나온다.

독서실에 도착한 설송은 깜짝 놀란다. 경수와 수미의 표정이 심상치가 않은 것이다.

"왜들 그래?"

"무슨 일이야?"

"엄마, 어제 성은 엄마가 교통사고로……."

"뭐! 그래서? 어느 병원이야?"

설송과 현우는 정신을 잃을 듯하였다.

"경수야, 미안하다. 우리 좀 데려다 주라. 도저히 운전을……. 어서!"

경수가 운전을 하고 수미의 팔에 기대서 간신히 병원에 도착한 설송은 하얀 국화 품에 안긴 영정사진 앞에 현우와 나란히 기도를 한다.

'성은 엄마, 미안해요. 우리는 왜 이런 숙명을 타고났을까? 성은 아빠를 나에게 보내지 못한 지난 세월 동안 나 때문에 짐스러웠을 텐데. 이제는 내가 성은 엄마 때문에 아파하며 살 것 같네요. 난 성은 엄마 원망하지 않을 테니 편하게 잘 가요. 우리 하늘나라에서

다시 만나요.'

설송과 현우는 죄인처럼 마음이 무겁다. 현자를 성당 묘지에 묻고 돌아오는 길, 성은과 성민만 그냥 두지 못해 현자 집에서 함께 하룻밤을 보낸다.

아이들은 성당으로, 설송 부부가 독서실로 온 지도 벌써 얼마나 지났을까? 세월이 다 야속해, 설송은 이제 강현자의 기억도 아득해진다. 그러나 남편은 좀 다른 듯하다. 설송은 수많은 생각 끝에 어렵게 올케와 오빠에게 말을 꺼낸다.

"오빠, 아무래도 성철 아빠가 좀 이상해요. 성은 엄마가 하늘 나라로 떠난 뒤로는 날마다 독서실 옥상에 올라가서 하염없이 하늘만 바라보고 멍하니 서 있기 일쑤예요. 마치 혼 나간 사람처럼……. 식욕도 예전 같지 않고 어쩐지……."

설국이 깜짝 놀란다.

"성철 아빠 마음이 오죽할까? 자식을 둘씩이나 낳은 사람 마지막 가는 길도 보지 못하고 떠나보냈으니……."

"그래요. 저도 마음이 편치 않고 죄인 된 느낌도 들고 속이 상한데. 처음엔 세월이 약이라고 시간이 흐르면 괜찮아지겠지 대수롭지 않게 여겼는데 날이 갈수록 더 심해져요. 벌써 일 년이 다 되어가는데, 이젠 걱정이 돼요."

"그러면 병원에 한번 데리고 가봐?"

설송은 현우를 설득해서 병원으로 갔다. 다행히 의사의 표정이 가볍다.

"가벼운 우울 증상이 보입니다만 크게 걱정 안 하셔도 될 것 같습니다. 갑자기 충격을 받거나 심한 스트레스가 생기면 누구나 우울해질 수 있습니다. 마음의 감기 같은 것이죠. 아버님, 무엇보다 이별을 받아들이시고 몸과 마음을 편안하게 하세요. 특히 아내 분의 역할이 중요합니다. 곁에서 즐겁고 행복한 생각을 할 수 있게 항상 도와주셔야 됩니다. 될수록 혼자 있는 시간은 줄이고 두 분이 함께할 수 있는 일을 찾아보세요. 함께 여행 다니시는 것도 좋고요."

집으로 돌아온 설송은 그동안의 삶을 생각해보며 그래도 이만한 것이 다행이라 생각한다.

'큰 병도 아니고 나을 수 있다는데 무엇이 걱정이야? 내가 바랄 것이 무엇이 있어? 남편 건강만 되찾으면 되지. 둘이 함께 건강하게 살다가 어느 날 아침에 잠자듯이 눈을 감으면……. 그것밖에 바랄 것이 또 무엇이 있겠어?'

이런저런 생각 끝에 설송은 마음의 행복 설계를 하고 나서 남편에게 자신의 생각을 말한다.

"아빠, 우리 이제 답답하게 독서실에 얽매여 살지 말아요. 성철이 걱정은 할 필요도 없고 우리 노후도 당신 연금으로 살 수 있잖아요? 그동안 부모가 안 계시는 경수랑 수미가 나를 친엄마처럼 대하고 나도 친자식들처럼 생각하고 살았어요. 마침 두 사람도 서로 의지하고 좋아하는 눈치니 결혼을 시키고 독서실을 맡깁시다. 그리고 썰렁하게 비어 있는 우리 집 방 하나에 들여서 진짜 가족으로 사는 건 어때요? 그리고 우리는 여행이나 슬슬 다니면 어떨까요?"

현우의 목소리가 커진다.

"글쎄, 그것도 괜찮을 것 같소만, 무엇보다 애들 의견이 중요하지 않겠소. 나야, 당신이랑 팔도를 유람하며 지내면 좋지요."

설송은 경수와 수미를 결혼시키면 좋겠다고 생각하고 둘을 불러 이야기하였더니 경수와 수미는 마치 기다렸다는 듯 설송을 와락 껴안는다.

"정말, 엄마는 우리 친엄마예요. 누가 우리를 이렇게 챙겨주겠어요?"

"엄마 뜻대로 할게요. 정말 고맙습니다."

"잘 살겠습니다!"

한 달 후로 결혼 날을 받아 가족들과 조촐하게 식을 올리고 설악산으로 신혼여행을 다녀왔다며 경수 부부가 선물로 사온 풍경을 기와집 네 귀퉁이에 단다. 설송과 현우는 땡그렁 땡그렁 풍경소리에 바람 소리까지 느끼며 잠이 들곤 한다.

설송은 건넌방에 경수 부부의 신혼 방을 차려주고 한솥밥 먹는 진짜 가족이 되었다. 밤에도 꺼질 줄 모르는 온 집안의 환한 불에 현우의 마음까지 밝아진다. 설송은 남편의 우울한 마음을 달래주기 위한 묘안의 결과가 너무도 잘됐다고 생각을 한다. 현우도 웃는 날이 부쩍 많아졌다. 오늘 아침에는 밥을 먹으면서 수미가 김치를 쭉 찢어 손으로 잡고 수저 위에 척 걸쳐 먹는 모습을 보고 현우도 따라서 긴 김치를 한 가닥씩 밥 위에 걸쳐 입가에 고춧물을 벌겋게 물들이며 밥을 먹고는 활짝 웃는다.

"웬일이지? 분명 똑같은 김친데 엄마하고 둘이 먹을 때는 이런 맛을 몰랐을까? 우리 아들딸하고 한상에서 밥을 먹으니 정말 맛있 게 잘 먹었다."

설송도 맛있게 밥을 먹으며 행복하게 말을 한다.

"그래요. 이제야 제대로 사람 사는 것 같네요. 나도 오랜만에 밥 한번 맛있게 먹었어요."

설송은 한 가족의 울타리를 든든하고 아름답게 잘 세웠다 생각 을 하고 새로운 삶의 목표를 세운다.

'이제부터 새로운 시작이야.'

설송은 전국 여행을 떠날 준비를 한다.

"아빠, 이제 우리 떠나요. 세월은 우리를 언제까지 함께 두지 않 을 테니. 우리 두 사람 건강할 때 전국 여행 실컷 해요. 맛있는 음 식에 아름다운 경치에 맑은 공기 실컷 맛보고 와요."

21막

전화위복

　"아빠, 망설이지 말고 출발해요. 옛날에 어른들이 '노세 노세 젊어서 놀아, 늙고 병들면 못 노나니' 노래를 하면 무슨 소리인가 했는데 요즘 그 말이 무슨 말인지 실감나네요."

　"그래요. 나도 요즘에 어른들이 하신 말들이 자꾸 몸과 마음에 와 닿네요. 나이 육십에는 시간이 육십 킬로미터로 달리고 몸은 매해 다르고, 칠십이면 칠십 킬로미터로 달리고 몸은 달마다 달라지고, 팔십에는 팔십 킬로미터로 달리며 날마다 다르고, 구십에는 매 시간마다 다르다는 말이 무섭게도 와 닿아요."

　"건강할 때는 보약을 먹고 병이 들면 사약을 먹으라는데, 당신 일흔여덟 살 저 일흔네 살인데 지금이 바로 보약 먹을 때인 것 같아요. 아무 생각 말고 우리나라 좋은 나라에서 태어난 것에 감사하고 전국의 좋은 경치 많이 보고 좋은 음식도 많이 먹고 힐링하고 돌아와요."

"전철에서는 바쁘게 움직이는 젊은 사람들의 모습도 보고, 기차를 타고 쏜살같이 지나가는 산천초목도 구경하고, 비행기를 타고 높은 곳에서 아찔하게 내려다보이는 세상도 보고, 배를 타고 넓고 푸른 바다에 끝없이 펼쳐지는 자연의 신비스런 절경도 구경하고, 택시를 타고 기사님들과 세상 이야기도 나누며 우리 남은 인생길을 어디 한번 정답게 걸어봐요."

"다행히 이렇게 우리 두 사람 모두 건강한 것을 감사하게 여기고 가벼운 마음으로 출발합시다. 어디부터 갈까요? 남북통일이 되었다면 두말할 것 없이 금강산으로 해서 백두산부터 구경하고 내려올 텐데. 전라도? 충청도? 경상도? 자, 어디로 출발할까요?"

"글쎄요, 막상 떠나려니 막연하네요. 관광회사에서 진행하는 상품을 알아볼까요?"

"아니, 그냥 우리 맘 내키는 대로, 발길 닿는 대로 다녀봅시다."

"우리 구경도 하고 제철 향토 음식도 맛있게 먹어보고 싶어요."

"어디부터 갈까? 꼭 초등학교 소풍 갈 때처럼 마음이 설레요."

"그럼, 제일 먼저 우리 고향에 가보는 건 어때요? 목포로 가서 홍어도 먹고 싱싱한 낙지도 먹을까요?"

설송 부부는 머리부터 발끝까지 커플룩으로 챙겨 입고 배낭을 메고 출발을 하였다. 고향에서 살 때도 한 번도 가보지 못했던 유달산 등반을 첫 여정으로 삼고 기차를 타고 목포에 도착한 설송 부부는 청춘처럼 호텔에서 하룻밤을 묵고 아침 운동 삼아 새벽 일찍 유달산에 오른다. 계단 하나하나를 숨차게 딛고 올라간다.

"여기가 일등바위 정상이라고요? 그런데 안개 때문에 보이지 않네요. 삼학도는 어디쯤일까요?"

"글쎄, 안개가 너무 많아서 해가 떠오르니 우리가 구름 속에 앉아 있는 것 같소. 시야는 없어도 재밌는데 조금만 더 앉아 있다가 내려갑시다."

"그래도 안개 속에 있으니까 좋은 점도 있네요. 꼭 비행기를 타고 창문을 열어놓은 것 같아요."

설송은 현우의 어깨에 얼굴을 기대고 한 치 앞도 보이지 않은 일등바위 정상에 앉아서 둘만의 유달산이라고 좋아한다. 내려오는 길 유달산 입구에서 듣는 학생들의 뚱땅 뚱땅 장구 소리가 정겹게 느껴진다. 설송 부부가 갓바위에 가서 무화과밭에 앉아 무화과를 막 먹으려는데 갑자기 소나기가 쏟아진다. 현우는 등산복 윗도리를 모자 삼아 설송에게 씌워주고 무화과 바구니를 들고 갓바위 앞 동굴에 달려 들어가 간신히 비를 피한다. 동굴 속에서 무화과를 먹으니 더욱 맛있는 것 같다.

"이제 비가 그쳤어요."

홀가분한 마음으로 영산호를 거닐다 설송 부부는 둑에 나란히 앉는다.

"아빠, 우리 두 사람 건강해서 함께 여행을 시작한다는 사실만으로도 얼마나 감사한지 몰라요. 옛날 고향에 살 때는 유달산이 어디에 있는지, 영산호는 어디에 있는지 제대로 둘러보지도 못하고 살았는데……. 정말 너무 좋네요. 저기 식당에서 점심 먹고 배 타고 제주도엘 갈까요?"

고현우는 설송의 뜻에 무엇이든 동의를 한다.

"그래요. 나는 우리나라 여행지 중 제주도가 최고라고 생각해요. 모임에서 몇 번 갔다 왔는데도 또 가고 싶어요."

"내 생각도 그래요. 제주도는 가로수부터 다르죠. 가로수부터 푸르고 촉촉한 생기가 느껴져요. 우리 식구들 줄 말린 홍어랑 쥐포 그리고 오징어도 사 가지고 가요."

설송과 현우는 가이드의 안내를 받으며 용두암과 돌하르방 앞에서 여느 신혼부부들처럼 다정하게 사진을 찍는다. 그러고는 둘이 정방폭포 아래로 내려가는데 일곱 빛깔 무지개가 환하게 피어오른다.

"아빠, 무지개를 보면 행운이 찾아온대요. 어서 빨리 오세요. 무지개를 배경으로 함께 찍어요."

천지연 폭포와 만장굴을 지나서 김녕굴에 들어가려는 설송이 현우의 손을 놓는다.

"아빠, 이번에는 혼자 들어갔다 오세요. 아까 만장굴에서는 신기한 고드름 구경하느라 정신 팔려 못 느꼈는데 사실 추워서 혼났어요. 혼자만 돌아올 수도 없고 고생했거든요."

설송 부부가 고부량삼성혈 구경까지 마치고 늦은 점심을 먹으러 식당을 찾는데 가는 곳마다 사람들로 북적인다.

"사람들 좀 보세요. 외국 사람도 많고 여행 온 기분이 제대로 나네요. 수염이 석 자라도 먹어야 양반이라는데, 사람 마음은 다 똑같은가 봐요. 많이 드세요. 버섯 전에 전복, 해삼, 성게 국에 한치 회도 맛있네요."

"그래요. 요즘 사람들은 인터넷으로 검색하면서 전국 어디든지 좋은 곳은 다 찾아다니면서 즐기며 사는 것 같소. 건강하게 오래 살려면 맑은 공기 마시며 좋은 음식 잘 먹고 마음 잘 먹으면 된다지요."

마치 물고기가 물을 만난 것처럼 가벼워진 현우의 모습에 설송은 아무것도 계산하지 않고 여행을 시작하길 잘했다고 생각한다.

"아빠, 지금이 우리 청춘 때 못다한 사랑을 만회할 수 있는 기회라고 생각하고 멋있고 아름다운 추억을 많이 만들어요. 아름다운 제주도의 풍경을 마음껏 즐기고 우리들의 이야기를 가슴에 담뿍 담아서 나이 때문에 허무하고 슬퍼지려는 마음에 가득 채워놓아요. 오늘 이 시간도 아름다운 우리만의 추억으로 영원히 기억되겠죠? 너무나도 즐겁고 행복해요. 힐링이 따로 없네요. 호호호!"

누가 보아도 멋있고 행복한 모습의 설송 부부가 부산 자갈치 시장에 들린다. 둘이 갈매기 무리가 훨훨 날아다니는 모습에 정신이 팔려 있는데 손님을 부르는 부산 아지매들의 사투리가 구수하다.

"무슨 회로 드실랍니까?"

"요즘은 무슨 회가 맛있나요. 민어회로 주세요."

"술은 무슨 술로 드릴까에?"

"네, 빨강 소주로 주세요."

부산 아지매가 술잔 두 개와 당근, 오이가 담긴 접시를 가지고 온다. 설송은 잔 하나는 가져가라며 돌려준다.

"술잔은 하나면 돼요. 저는 술을 안 먹어요."

"요즘에 술 안 먹는 사람 보기가 드문데……."

"네, 저는 친정 아버지가 술을 못 배우게 해서요."

"아니, 아주머니 나이가 몇인데……. 아버지가 술 먹지 말랬다고 안 먹는다고 말하는 사람은 또 처음 봤네요."

"저는 우리 아버지가 못하게 한 것은 지금까지 절대로 안 하고도 잘 살아왔어요. 화투, 담배, 춤은 절대로 안 배우고 지금까지 살아왔어요."

가만히 듣고 있던 현우가 설송 편에 선다.

"하하하! 이 사람이 육사생도거든요."

"호호호! 그 말이 맞는 말 같구만에……. 몰라봐서 죄송합니다."

푸짐하고 맛깔스런 회가 나오고 설송도 상추에 한 입 크게 싸서 먹기 시작한다. 그리고 남은 회를 포장해서 해운대로 간다. 텔레비전에서만 보던 장소에 직접 와보니 설송은 너무나 반갑다.

"아빠, 참 재밌어요. 여름철이면 해운대 해수욕장이 뉴스에 제일 많이 나오니까 꼭 한번 와보고 싶었어요. 피서 철이 아니라 쓸쓸할 거라고 상상했는데 생각보다 사람이 많네요. 아빠, 여기서 가지고 온 안주에 술 한잔하세요."

현우는 한 손에 술잔을 들고 다른 한 손을 들어 멀리 가리킨다.

"저기 보이는 곳이 조용필이 노래하는 '돌아와요 부산항'에 등장하는 오륙도요."

"그래요? 호호호! 정말 새로운 기분이 드네요."

넓고 푸른 해운대 백사장에 앉아 소주 한잔하며 꽃 피는 동백섬 노래를 나지막이 불러본다.

"야! 정말 해운대 야경이 멋있어요. 부산 출신 작가가 쓴《부산의 진짜 매력 99가지》라는 책을 보고 더 부산에 와보고 싶었어요. 부산의 정경들을 어찌나 생생하게 나타냈는지……. 내일은 우리 사십 계단도 올라가봐요. 영화 〈인정사정 볼 것 없다〉도 찍은 곳이고 하늘로 보내는 우체통도 있대요."

"그래요. 동백섬도 가보고 광안리 해수욕장도 구경하고 국제시장도 갑시다. 다음에는 부산에서 크루즈로 일본에 다녀옵시다."

"그래요. 일본도 한번 가보고 싶어요. 이웃나라잖아요. 비행기로 두 시간이면 간다는데……."

설송 부부는 부산에서 하룻밤을 보내고 독도에 가기로 했다. 포항으로 이동해서 울릉도까지 세 시간이 걸렸다. 다시 포항에서 독도까지 또 세 시간이 걸린다. 독도로 들어가는 표를 사놓고 시인학교에서 인연을 맺은 독도 사랑이 지극한 편부겸 시인에게 전화를 한다.

"안녕하세요. '아직 늦지 않으리' 시인 설송입니다. 남편과 둘이서 여행 중인데 시인님도 뵙고 싶고 독도도 구경하러 지금 포항에서 배를 기다리고 있어요."

"아이고! 반갑습니다. 어려운 걸음 하셨네요. 시간 맞춰 나가겠습니다."

출렁이는 거센 파도를 타고 독도에 도착한다.

"어서 오세요! 먼 길 오시느라 고생 많으셨죠? 뱃멀미는 안 하셨어요?"

"네, 다행히……. 이쪽은 제 남편이에요."

"아, 안녕하세요? 남편 분이 무척 젠틀맨이시네요. 하기야 설 선생님이 보통 멋쟁이가 아니시죠! 두 분 정말 잘 어울리십니다."

편 시인의 집에는 다른 손님들도 와 있다.

"설 시인님이 보내주신 시집을 여기 사는 친구들과 돌려가며 읽었는데 작품이 좋다며 꼭 한번 뵙고 싶다고 해서 저녁이나 같이 먹자고 제가 전화했어요. 실례는 아니지요?"

"처음 뵙습니다. 저는 설송이고 이쪽은 제 남편입니다."

"반갑습니다. 꼭 한번 뵙고 싶었습니다. 저는 박철, 이쪽은 김송순, 강철규, 최선희입니다."

서로 명함을 주고받으며 인사가 끝나고 편 시인이 준비해놓은 다과상에 앉아 이야기꽃을 피운다.

"독도까지 나들이 온다는 게 보통 마음먹어서는 안 되는 일인데, 오시는 길이 힘들진 않으셨어요?"

"반갑습니다. 독도는 파도가 너무 억세고 무서워요. 언젠가는 배가 큰 풍랑을 만나 사고 날 뻔한 적이 있었는데 그 순간 나도 모르게 가슴이 덜컹하면서 내가 지은 죄가 있는 건 아닌지 생각하게 되더라고요."

"왜요? 배가 파산되면 죄 지은 양이 많은 순서대로 죽는대요?"

"호호호! 그건 아니겠지만, 그땐 얼마나 놀랬는지 혼났어요."

"독도에서 살려면 착하게 살아야겠네요. 하하 하하하!"

식사와 술잔이 오가며 마치 예전부터 알고 지내온 사람들처럼 서로가 편한 시간을 보낸다. 그중 김 선생이 먼저 입을 뗀다.

"설 시인님, 어렵게 오셨는데 오늘 밤을 추억으로 담고 살아갈 수 있도록 한 말씀 남겨주시죠? '아직 늦지 않으리'라는 시집이 우리에게 얼마나 힘이 되는 줄 몰라요."

"그래요. 시인님이 보고 느낀 독도는 좀 다를 거예요. 자, 한 말씀 부탁드립니다."

설송은 곰곰이 생각하다 입을 연다.

"아니, 특별하게 할 말은 없어요. 오늘은 같이 찍은 사진만으로도 충분히 아름다운 밤인 것 같습니다. 집에 가면 각자 메일로 보내드릴게요."

"지금도 시를 쓰십니까?"

"네, 전 하루도 거르지 않고 일기를 쓰면서 항상 시를 쓸 마음 청소를 하지요."

"마음 청소요? 그것은 어떻게 하는 건가요?"

"네, 부끄러운 행동은 하지 않았나, 먼저 대빗자루로 싹싹 쓸고요, 다음은 마음에 욕망은 취하지 않았나, 작은 빗자루로 쓸고요. 다음은 남에게 욕먹을 일은 하지 않았나, 물걸레로 닦고요. 마지막으로 죽을 때 천국 갈 수 있도록 마른걸레로 닦아 윤을 내지요."

"그러면 선생님처럼 시를 쓸 수 있나요?"

"저는 항상 깨끗하고 좋은 생각으로 시를 지으려고 매 순간 신경 쓰면서 살아요. 어디 나쁜가요? 세상은 무대요 인생은 쇼라는데 우리 모두 각자 자기 작품을 쓰며 살아가고 있는 것 아닌가요? 생각이 복잡해질 때는 예쁜 맘씨, 말씨, 몸씨가 되도록 일기를 쓰면서 마음을 닦으면 호수처럼 마음이 편안해집니다. 욕망하지 않고 선한 일은 못할지라도 내게 주어진 복이라도 잘 감당을 하면 멋진 인생을 살다가 천당에 갈 수 있지 않겠어요?"

"네, 선생님 말씀이 맞아요. 추하고 악한 생각하다가 배사고 나서 하나님한테 벌 받고 지옥 가면 어쩔까 걱정은 안 하고 살아야죠."

"내 마음에 자리 잡은 구절이 하나 있어요. '시간과 당신'이라는 시예요. 한번 들어보실래요?"

당신은 지금 무슨 생각으로 어디를 가고 계십니까?
날쌘 칼은 휘두르고 싶어도 녹슨 칼은 잡으려고 하지 않습니다.
세월 속에 떨어진 낙엽은 바람에 나부낄 뿐입니다.

사람들이 숙연해진 표정으로 눈을 감고 경청을 한다.

"요즘 내 마음에 있는 생각인데, 나이가 들어간다는 것이 꼭 녹슨 칼이 되어가는 것 같고 또 낙엽이 되어 흙으로 돌아가는 것 같아요. 또 다른 하나는 욕망과 침묵에 대한 생각인데 바보 같은 욕망은 죽음을 부르지만 금 같은 침묵은 아름다운 사랑의 메아리로 울려 되돌아온다는 생각이 들더라고요. 세상을 살다 보면 이해할 수 없는 일도 있지만 시간이 흐르고 조금만 다르게 생각해보면 이해하게 되고 다시 사랑하고픈 생각까지 들기도 하잖아요?"

편 시인도 맞장구다.

"맞아요! 젊어서는 욕망을 좇으며 살았는데 나이가 한 살씩 더해질수록 용서하고 이해하려는 마음이 더 커지더라고요. 아직도 많이 부족하지만……."

설송은 한숨을 쉰다.

"네, 어느덧 제 나이가 팔십 길에 접어들고 보니 뭣 땜에 그렇게 아등바등 살았나 싶은 생각이에요. 내가 좇던 욕망도, 사랑도, 명예도, 부귀영화도 모두 다 허사인 것을……. 이제는 내 몸과 마음 잘 챙겨 살다가 죽을 때 요양원에 가지 않고 산소 호흡기에 의지하지 않고 집에서 그냥 잠자다 깨지 않고 편안하게 갔으면 하는 소망 밖에는 바라는 것이 없어요. 나이가 들수록 사람이라는 존재가 참 잔인하고 허무하고 비참한 동물인 것 같은 생각이 들어요."

편 시인이 다시 한마디 거든다.

"저도 죽음의 문턱에 다가갈수록 마음의 죄를 하나씩 씻어내야겠다는 생각이 들더라고요."

이어 현우도 자신의 마음을 전한다.

"네, 맞아요. 내가 죽은 다음에 그 사람 잘 죽었다는 소리 듣지 않게 살아야지요. 그 사람 참 좋은 사람이었는데, 아까운 사람이 죽었다는 말을 들을 수 있을까 하는 생각이 자주 들더라고요."

옆에 있던 최 여사가 한마디 거든다.

"그래요. 아무래도 우리가 걸어온 길보다 가야 할 길이 더 가까우니까 그런가 봐요."

"맞네요, 그 말씀이. 하루하루 살아가는 것은 곧 죽음을 향해 가까이 가고 있는 것인데젊어서는 그걸 못 느끼죠?"

미스터 박도 입을 연다.

"바다는 메워도 사람 욕망은 못 채운다는데 욕심만 쫓아가면서 사람들이 쇠고랑 찰 생각은 하지 않아요."

이어 맨 끝자리에서 듣고만 있던 강 선생도 한마디한다.

"빈손으로 왔다가 빈손으로 공평하게 가는 것을, 사는 동안에 왜 남에게 욕먹을 일을 하며 사는지 모르겠어요. 나라나 가정이나 개인이나 그냥 순리대로 살아가는 것이 가장 잘사는 방법인 것 같아요. 하하하하!"

"이거, 이야기가 너무 무거워지는데요. 하하하! 하지만 모두 맞는 말이니, 우리라도 하루하루 반성하며 자기 작품 자기가 감동할 수 있게 써가며 살아갑시다."

그때 성철에게서 전화가 온다.

"응, 아빠다. 여기 독도야. 오늘 육지로 나갈 거야."

"엄마 아빠, 건강은 괜찮으세요?"

"응, 몸도 맘도 아주 건강하다. 걱정 말거라."

"멀미라도 하면 이렇게 못 다니지. 엄마 아빠 신나게 가보고 싶은 곳 모두 구경하고 갈게."

성은, 성민에게서도 전화가 온다.

"응, 큰엄마다. 걱정 마라. 나온 김에 한 일주일 더 구경하고 갈 거야."

"아빠, 큰엄마 맛있는 음식 많이 잡수시게 하고 좋은 구경 많이 해드리고 오세요."

"그래, 고맙다. 무슨 선물 사가지고 갈까? 탈? 그래 꼭 사갈게."

"아빠, 우리 가는 길에 안동에 들러요. 성은이 성민이가 각시탈을 선물로 받고 싶다네요."

"그래요? 성철이랑 경수네까지 가족 수대로 사 가요. 각시탈도 사고 양반탈도 사고 골고루 사 갑시다."

"상훈이랑 오빠도 맘에 드는 것으로 가지라 해야겠다."

설송은 남편을 보며 말을 한다.

"어차피 눈에 보이지 않는 악마 같은 탈을 쓰고 모두들 살아가는데 진짜 탈을 사 가지고 가서 각자에게 어울리는 탈을 골라 쓸 수 있게 합시다."

설송은 소중한 우리 땅 하나라도 빠뜨릴세라 독도 전역을 사진에 모두 담는다. 이틀 밤을 즐겁게 보내고 떠나려는데 설송 부부를 배웅 나온 지인들의 손에 갖가지 건어물이 들려 있다. 다시 또 한 번 꼭 놀러 오라며 지인들이 설송 부부를 향하여 뱃머리가 보이지 않을 때까지 손을 흔든다.

육지에 도착한 설송은 이제는 어디를 갈까 생각을 하다가 말문을 연다.

"아빠, 우리가 여행을 계획하고 집을 나설 때 해남 땅끝마을에 꼭 가보자고 말했지요. 기억나세요?"

"그럼요. 대흥사 구경도 하고 영암 월출산까지 돌아봅시다. 완도로 해서 여수를 지나 벚꽃으로 유명한 진해도 구경하고 전라북도로 올라갑시다. 여승들만 있다는 수덕사도 한번 가보고 부여 낙화암으로 해서 논개가 왜장을 껴안고 죽었다는 백마강에도 들러 봅시다."

"뭘 걱정이 있겠소? 해 지면 그곳에서 하룻밤 보내고 날이 새면 또 가면 될 것을! 나선 김에 가보고 싶은 곳은 다 가보고 갑시다."

현우가 신사임당과 이율곡 선생의 생가가 있는 강릉 오죽헌에 사진기를 세운다.

"아빠, 신사임당이 수놓고 있는 모습도 들어가게 찍어주세요. 부엌 아궁이도 나오게 찍고요. 내가 신사임당 상을 탄 뒤라서 그런지 이곳에 낯설지가 않네요. 진짜로 내가 신사임당이 된 기분인데요. 호호호호호!"

동해안 따라 설악산을 지나 설송 부부는 경주에 도착한다.

"대나무 앞에서 불국사 전체가 모두 나오게 찍어요. 아빠, 오늘 여행 다니던 중에는 여기가 기분이 제일 좋아요."

현우도 고개를 끄덕인다.

"알겠소. 당신 기분을."

"관공서 건물도 한옥으로 되어 있으니 우리나라 정서가 제대로 살아나는 것 같죠?"

"정말 우리나라처럼 산 좋고 물 좋고 경치 좋고 사람 좋은 곳도 드물 것 같아요. 오늘은 한옥으로 지어진 식당에서 밥 먹고 잠을 자니까 꼭 우리 집 같네요. 인터넷에 사진 올려놓고 보면 심심할 겨를 없이 정말 재밌겠다."

"십 초에 맞춰두고 어서 빨리 오세요."

"어디 봐요. 잘 나왔나요?"

설송 부부는 서울로 돌아오는 길에는 용인 민속촌에 들린다. 거지 분장을 한 두 명이 길바닥에 누워서 배를 드러내놓고 잠을 자듯 연기를 하고 있다.

"아빠, 거지도 들어가게 찍어요. 옛날 기분 내서 원삼족두리 입고도 한 장 찍자고요."

"아! 직접 떡메로 쳐서 인절미를 만들어서 먹으니 고소하고 더 맛있네요. 아빠, 저기서 말 타고 한 장 찍어요."

"아니 됐소. 제주도에서도 말 타고 찍었는데 뭐하러……."

"그래도 또 찍어요. 아빠 소망이 말 타고 사는 것이라고 했잖아요. 사진이라도 실컷 찍고 기분 내라고요."

"손칼국수도 옛날에 엄마가 끓여준 것처럼 너무 맛있게 먹었어요. 초가지붕에 주렁주렁 열린 조롱박 좀 봐요. 너무 예쁘다! 꼭 내가 옛날에 살던 동네랑 똑같아요. 저기 좀 봐요. 옛날 감옥도 있어요. 이건 춘향이가 정절을 지키려다 찬 목칼인가?"

"당신 눈엔 그리 보이우? 이 도령은 어디에 있나?"

설송은 마치 수학여행을 온 학생들처럼 마음껏 즐겼다.

서울에 도착하자 설송은 생각이 달라진다.

"아빠, 우리 아이들한테 전화가 오면 아직 여행 중이라 하고 호텔에 가서 하룻밤 보내고 서울 구경 마저 하고 가요."

설송 부부는 용산 전쟁기념관으로 갔다. 마치 대포 소리며 제트기 소리가 들려오는 시대로 여행을 온 듯한 기분이 들었다.

"정말 무서워요. 그림만 보아도 이렇게 무서운데 그땐 얼마나 무서웠을까요? 제가 국민학교 이학년 때 육이오가 일어났어요. 엄마는 이불 보따리, 저는 아버지 양복 보따리를 이고 무안으로 삼십 리 길을 걸어서 피난 가던 기억이 또렷하게 나네요. 정말 실감나게 구경 잘 했네요."

"저기 형제가 서로 총을 겨누고 있는 동상 앞에서 한 장 찍어요. 총구멍 나 있는 탱크 앞에서도 찍고요."

"우리는 놀러 가는 곳마다 인파가 차고 넘치는데 아직도 굶주릴 북한 사람들을 생각하면 마음이 너무 아파요. 옛날 생각이 나니까 더 속상해지네요. 어서 남북이 통일이 돼서 한민족이 같이 살면 얼마나 좋을까요? 이렇게 좋은 세상을 함께 누리면 좋을 텐데. 우리가 죽기 전에 통일이 올까요?"

"글쎄요. 온 국민이 바라는 통일인데……. 금방 될 것 같다가 다시 꽁꽁 얼어붙으니 안타깝소. 하지만 언젠가는 반드시 될 거요."

"내 마음엔 반기문 유엔사무총장님이 계실 때 꼭 남북통일이 이루어질 것 같은데, 박근혜 대통령도 통일은 대박이라고 하는데 정말 우리나라도 독일처럼 통일국가가 되어서 국민 모두 하나 되어 대박 나도록 행복하게 살면 얼마나 좋을까요?"

"아빠, 오늘은 시내 구경도 하고 덕수궁 돌담길도 걷고 하룻밤 보내고 가요."

"그렇게 해요. 서울도 정말 구경할 곳이 많은 것 같소. 하룻밤이 부족하면 두 밤도 좋고 세 밤도 좋고, 어려울 것 있나요?"

"막상 집에 간다고 생각하니 조금 아쉬운 생각이 들었어요. 전라도 섬 중에 우리가 완도, 홍도, 진도, 비금, 도초밖에 가지 않았어요. 올라오다가 나주에 들러서 보성 녹차 밭도 구경하고 정도전 유배지에 가서 텔레비전에서 본 것처럼 박물관에 들러 차도 한잔하고 올 것을, 빼먹은 곳이 너무 많은 것 같아요. 더 자세히 구경하고 올 걸 너무 대강 스쳐왔나 싶기도 하네요."

"걱정할 것 뭐 있소? 잘 기억해둬요. 내년 봄 함평 나비축제 기간에 맞춰서 다시 한 번 들르게."

"네, 좋아요! 여행 중에는 집이 그립기도 했는데 막상 서울에 도착하고 보니 아쉬운 마음이 더 커지네요."

경복궁으로 해서 비원과 창경궁도 둘러보고, 노량진의 사육신 묘에서 사진을 찍으며 설송이 남편에게 말한다.

"아빠, 나라나 가정이나 사람 살아가는 모양은 똑같은 것 같아요. 나라엔 충신이 있는가 하면 역적이 있고 가정엔 효자가 있는가 하면 불효자가 있고……. 사람이 살아가면서 일어나는 사건사고도 똑같은 것 같아요. 뇌물을 주고받는 것도 똑같고."

설송은 긴 한숨을 섞는다.

"왜 비리의 고리가 끊이지 않을까요?"

현우도 심각하게 대답을 한다.

"그것이 비밀로 이루어지니까요."

"비밀인데 왜 쇠고랑 차고 난리일까요?"

"비밀, 그게 문제요. 통용되는 시간이 영원하지 않으니까요."

"맞는 말이에요. 처신 잘하고 살아야지요. 우리나라처럼 학연 지연의 연결고리를 끊기 힘든 사회에선 더욱 조심해야지요, 인생살이 잘 풀어서 조심조심 살아야지요. 잘못하면 인연이 악연으로 변할 수 있다는 것을 사람들은 모르는 것 같아요."

"몰라서가 아니라 욕망 때문이라 생각하오. 소위 성공한 인생, 잘사는 사람들이 쇠고랑을 차는 모습을 보면 너무 안타깝소. 그 아까운 학력, 명예를 지닌 권력가들과 재벌들이 무너지는 모습을 보면 너무 마음이 아파요. 과학이 발달해도 죄인 잡는 방법보다 범죄의 수법은 날로 더 교묘해지고 더 빠르고 다양하게 늘어만 가니 정말 큰일이오."

"갈수록 자식은 적게 낳아서 모두가 공주처럼 왕자처럼 길러 대학까지 나오는데도 못 배우고 배고픈 시절보다 세상은 더 험하게 돌아가는지 정말 이해가 안 돼요. 쇠고랑 차는 사람들이 언제쯤 줄

어들까요?"

"신종 범죄가 자꾸만 늘어가니 사람 노릇하며 살기가 더 힘든 세상으로 점점 더 변해가는 것 같아요. 성추행범, 전자 사기범, 보이스피싱 같은 범죄는 세상이 발달하면서 생긴 거잖아요. 정말 큰 일이에요. 금이야 옥이야 기른 내 자식이 범인이 된다고 생각을 해봐요. 나는 범인이 잡히는 모습을 보면 그 부모 심정은 어쩔까 하는 걱정에 내 가슴이 너무 아프더라고요."

설송 부부는 서로 세상 사는 이런저런 이야기를 하며 서울 시내를 걷는다. 종묘에서는 가이드를 만나 설명을 들으며 좋은 역사공부도 한다. 설송 부부는 옛 궁궐을 두런두런 얘기하며 걷는 것도 참 즐거운 일이라고 생각한다. 덕수궁 돌담길까지 두 손 꼭 잡고 걷다가 북악산에서는 간첩 김신조와 총격전 때문에 바위에 구멍이 숭숭 뚫린 흔적도 본다.

이제는 전국 어딜 가더라도 외국인들의 수가 만만치 않은데 광화문 네거리에도 예외는 아니다.

"아빠, 우리나라를 찾는 외국인이 많아져서 기분이 좋아요. 여기도 우리나라 사람보다 외국 관광객이 더 많은 것 같아요. 이 사람은 중국 사람, 저기는 일본 사람, 그리고 미국 사람들도 많네요. 아무튼 좋은 자리를 만나면 부지런히 사진기를 세워야지 제대로 찍을 수 있겠어요."

세종대왕 동상 앞에 겨우 자리를 잡은 현우가 사진기를 세운다.

"빨리 와요! 벌써 빨간 불이 빤짝빤짝하잖아요."

그런데 현우가 자리 잡기도 전에 사진기의 불이 꺼져버렸다. 현우가 다시 타이머를 맞추고 설송이 위치를 잡는 동안 벌써 다른 외국인 관광객들의 줄이 길어진다.

　"아빠, 훌륭한 일을 하고 세상을 뜨면 그 업적이 영원히 사라지지 않는다는 것이 실감이 나요. 세종대왕 박물관 좀 봐요. 외국 사람들까지 사진을 찍느라고 열심이네요. 우리나라처럼 자국어가 있는 나라가 얼마 안 된다지요? 모국어가 없는 나라 사람들은 얼마나 부럽겠어요? 정말 세종대왕은 고마우신 분이세요. 정말 기분 최고예요."

　"우리 태극기처럼 예쁜 국기도 없는 것 같아요. 2002년 월드컵 때 옷에 박힌 태극 문양이 그렇게 예쁠 수가 없더라고요. 정말이지 우리나라는 하나님이 크게 축복해주신 땅이 분명해요. 한글하고 태극기가 참 아름답죠?"

　"세종대왕께서 어떻게 한글을 만드셨는지. 정말 대단한 발명가가 아니오? 창경궁 덕수궁까지 모두 구경했으니, 이제 호텔로 갑시다."

　호텔에 여정을 푼 설송은 잠시 추억에 잠기다 현우에게 말을 건넸다.

　"아빠, 왜 제가 굳이 여기로 오자고 한 줄 모르죠?"

　"왜요? 무슨 특별한 추억이라도 있소?"

　"사실은 내가 이곳에서 한 일 년쯤 청소부로 일했었어요. 화장실에 숨어서 글을 쓰다가 관리반장에게 들키기도 했고요. 그때는 정말 창피하고 나처럼 복 없는 사람이 어디에 또 있을까 죽을 생각도 했었는데……. 그럴 때마다 당신 만나서 살 생각에 용기를 내어 살다 보니 그날이 오늘이 되었네요."

현우는 설송을 껴안으며 나지막이 속삭인다.

"미안하오, 정말 미안하고 고맙소. 나도 오늘을 기다렸소."

"아니, 괜찮아요. 전국 일주를 하면서 나같이 행복한 사람 있으면 한번 나와 보라고 외치고 다녔는데 못 들었나요? 하늘 아래 우리처럼 행복하게 사는 부부는 없을 거라 생각해요. 그래서 여행 마지막 밤은 꼭 이곳에서 지내고 싶었어요."

"그렇게 행복했소?"

"네, 아빠는 행복하지 않았나요?"

"물론, 나도 행복했지요. 다만 당신처럼 표현을 못 한 것뿐이지……."

설송은 활짝 웃는다. 호호 호호호! 설송을 껴안는 현우의 손길에서 건강함이 느껴진다. 현우가 작은 소리로 속삭인다.

"고마워요. 당신이 행복하다고 생각하면 나는 두 배로 행복해요. 당신은 스스로 당신 복을 만든 거요. 둘이 다시 만나서 이렇게 지내고 있으니 언제 우리가 헤어졌던가 싶소. 이제 바라는 게 있다면 우리 둘이 꼭 껴안고 한날한시에 죽는 거요. 하나님께 그렇게 해달라고 기도해요."

호텔 창에는 평온한 달빛이 흐르고 있다.

22막

❖⁘❖⁘❖

사랑하는 나의 보금자리

설송 부부가 여행을 마치고 돌아온다는 전화를 받은 수미와 경수는 집 안 바닥은 물론 기둥까지 반질반질 윤이 나게 닦고 대청소를 한다. 기와지붕 네 귀퉁이 풍경도 소리를 내는 것이 집주인을 기다리는 것 같고, 마치 신혼여행을 다녀오는 신혼부부를 기다리는 것처럼 가족이 모두 다 모였다. 설송이 대문을 열자 브로닌이 제일 먼저 설송 부부를 반긴다.

"시엄마, 아빠, 어서 오세요. 피곤하시죠?"

"아니다. 잘 있었지?"

"네, 엄마 아빠."

성철 뒤에 서 있던 혜린이가 할아버지 품으로 와락 달려든다.

"어휴, 무슨 음식을 이렇게 많이 했어?"

설국네 가족들과 경수 수미까지 식탁에 둘러앉아 맛있게 저녁을 먹는다.

"뭐니 뭐니 해도 우리 집 김치에 밥을 먹어야 제대로 먹은 것 같다. 수미야, 잘 먹었다. 우리 이제 끼니마다 누가 김치를 더 크게, 더 맛있게 먹는지 내기하자."

"그래요, 아빠! 아마도 제가 이길걸요."

"뭐니 뭐니 해도 우리 집이 제일 편하고 제일 맛있고, 우리집이 역시 최고다."

근 한 달 동안 마음여행을 무사히 마치고 더욱 건강해져서 돌아온 설송 부부의 모습을 보고 가족들은 안도감에 웃음꽃을 피운다. 그 웃음소리는 풍경 소리처럼 맑고 투명하게 울려 퍼지며 밤이 깊도록 활짝 피었다.

기분 좋은 여행을 다녀온 덕분인지 가뿐하게 새벽잠에서 깨어난 설송은 그동안 여행길에서 메모한 것들을 일기장에 하나씩 정리해나간다. 그러다 문득 그동안 써온 일기장을 들쳐보며 인생을 여행하는 중에 얻은 별명을 한번 세어본다. 처녀 시절 친구들끼리 얘기하면 '설송 너는 꼭 사감선생님 같아' 하며 놀던 일, 모임에 가면 '선생님'이냐고 했고, 회사 다닐 땐 설송에게 모르는 것을 물으면서 '박사님께 물어보라'고 말한 것이 떠올랐다. 교회 목사 부인하고 얘기할 때는 꼭 친정 엄마 같다며 마음 속 깊은 얘기를 나누었고, 독서실로 공인중개사 공부하러 오던 아줌마 네 명은 설송의 말을 듣고 이혼하려던 마음을 돌려 행복하게 살게 되면서 설송의 별명을 '상담원'이라고 불러주었다. 샴푸 판매를 할 때는 '세무 공무원'인 줄 알았다며 깜짝 놀라던 일 모두 생각난다.

설송은 지금도 외출할 때면 젊어서 무슨 직장에 다녔냐고, 공무원이냐는 소리를 종종 듣는다. 공원에서 걷기 운동을 하고 있으면 어쩌면 나이도 상당히 많으신 것 같은데 걸음걸이가 그렇게 곧고 멋있으시냐고, 젊어서 모델이었냐고도 한다. 모습이 여대생 같다 하고 또 신사임당이라고도 한다.

몇 년 전 부천에서 열린 백만 송이 장미축제에서 만난 사진작가 박 선생은 내게 고려청자라고도 했었지. 남편은 나를 볼 때면 어떨 땐 천사고 또 어떤 때는 육사생도 같다고도 했지.

고향 친지들은 설송을 보증수표라고 믿고, 어느 지인은 설송한테 지성인이네, 공주님이네, 현명하네, 학구적이네 했다. 몸에 액세서리 하나 걸치지 않아도 어떻게 그렇게 멋있냐는 칭찬을 과분하게 한다. 현우와 함께 나들이 길에서 만난 사람들이 하던 말, 멋있고 좋아 보인다며 칭찬을 하던 기분 좋은 풍경들이 생생하게 떠오른다.

설송은 어림잡아 20여 개가 넘는 별명을 적어보다가 벌떡 일어나서 거울을 보며 말을 건다.

'설송, 지금까지 살아오며 너를 불러준 별명을 모두 기억해본 거 맞아? 너 여태까지 미장원 한 번도 안 가고, 값비싼 옷 하나 사 입지 않고, 메이커 신발 하나 사 신지 않았잖아. 기껏해야 시장 좌판에서 티셔츠는 이삼천 원, 치마나 바지는 칠팔천 원짜리 입고 지내잖아? 비싸야 만 원짜리 사 입으며 살았고 만 원짜리 구두에 만원짜리 가방을 들고 다니잖아. 심지어 봉제회사 다닐 때에는 쓰레기

통에서 주운 천 조각으로 직접 만들어 입으며 살아왔는데 팔십 길목에서도 거리에 나가면 멋있다는 말을 들을 수 있다는 것이 신기하다. 그렇지 않아?'

그동안 설송에게 별명을 붙여준 한 사람 한 사람의 모습이 생생하게 떠오르자 그들이 세상으로부터 자신을 지켜준 호위병 같다는 느낌이 들었다. 설송은 어떤 보석을 얻은 것보다 더 귀하고, 일확천금을 얻은 것보다 더 고맙게 느껴진다. 그러다 문득 그들에게 곱게 봐준 은혜를 갚아야겠다는 생각이 솟아난다.

설송은 평생을 공부하는 자세로 살아오면서 읽은 책이 2천여 권이 넘는다. 책에서 얻은 보석보다 더 빛나는 문구들을 빠뜨리지 않고 기록하고 자신만의 지식이 되도록 활용하며 시집을 냈다. 설송은 책을 낸 후로는 무슨 자격으로 시집을 냈냐는 무시를 당하지 않으려는 책임감으로 어느 누구에게도 말 한마디 함부로 하지 않고 행동 한 번 함부로 하지 않고 살았던 생각을 떠올린다. 컴퓨터를 켜서 자신이 읽었고, 읽으려고 적어둔 책 제목을 다시 한 번 훑어보자 설송의 눈과 마음에서 생기가 솟아오른다.

'그래. 여태껏 난 이렇게 공부를 하며 살았어. 내 취미를 잘 살려내고 싶었어. 첫 번째 취미가 글쓰기이고 두 번째 취미가 옷 만들기인 나는 육십에 시집도 내고 내 옷은 내가 만들어 입으며 살아왔어. 그런 내 삶의 그림자 같은 별명이 이십 개나 되는 거야. 사람들이 열심히 살아온 내게 준 훈장 같은 거야.'

설송은 자꾸만 새로운 마음이 솟아나는 걸 느낀다.

'그래. 책을 내자. 늦었지만 다시 만난 남편과 백년해로를 하며 사는 우리 부부의 모습을 보고 누구라도 부러워하는 나의 인생인데, 두 마리 토끼를 잡자. 젊은 시절 꾸준하게 일기장에 습작한 시를 모아 시집을 냈듯이 이번엔 육십 이후에 쓴 일기를 바탕으로 소설을 쓰는 거야.'

거울을 보면서 다시 한 번 설송은 다짐을 한다. 그때 설송의 머리에 불현듯 정초신 영화감독의 책《순진한 성공은 없다》중 성공한 인생의 주인공이 될 것인가, 어둠 속의 관객이 될 것인가라는 문구가 화두처럼 떠오른다. 그리고 작가가 글을 쓰려면 먼저 명품 인생을 살아야 한다는 말이 자꾸만 설송의 마음에 메아리친다. 그리고 꼭 유명한 사람만 책을 쓰고 드라마를 쓰고 영화 대본을 쓰라는 법은 없다는 말도 자꾸만 설송의 마음을 사로잡는다.

'그래. 나도 쓰는 거야. 용기를 내 내 작품을 출판사에 보내보자.'

요즘 현우의 일과는 친지들에게 메일로 안부를 나누는 것이다. 마치 제2의 신혼생활을 보내는 기분으로 하루하루가 새록새록 즐겁다. 설송은 고향집을 지키며 살고 있는 대식 부부에게는 사진만 보내지 말고 노래방 기계도 사서 보내자고 말한다. 매년 한 번도 거르지 않고 곡식부터 양념까지 꼼꼼하게 보내줘서 걱정없이 잘 먹고 잘살게 해준 고마움을 전하고 싶은 마음으로 용산전자상가에서 노래방 기계를 사서 대식 부부에게 보내고 대문을 들어서는데 전화가 울린다.

　"설 작가님, 의뢰하신 작품은 《사랑이 메아리처럼》이라는 제목의 소설로 출간되었습니다. 내일부터 전국 대형서점에도 진열될 겁니다."

23막

금의환향

설송이 칠십 평생 써온 일기를 바탕으로 엮은 소설이 《사랑이 메아리처럼》이라는 제목으로 세상에 나왔다. 현우는 책을 받자마자 단번에 읽어 내려갔다.

"당신 정말 대단해요. 그리고 정말 미안하고 고마워요. 뭐라 말로는 다 할 수가 없네요. 고향집에도 가고 부모님 선산에 가서 우리 둘이 이렇게 행복하게 살고 있는 모습을 보여드리고 옵시다."

설송이 꽃가마 타고 시집오던 날부터 고향을 등지고 서울로 떠나던 날 성철의 손에 간식거리를 들려주며 골목 끝까지 눈물바다로 배웅을 해주던 동네 사람들이 눈앞에 선하였다. 설송은 끝없이 떠오르는 옛날 생각을 하다 다음 일요일에는 고향집에 성철 부부와 함께 가기로 약속을 잡는다.

이십여 년 동안 한을 안고 떠난 고향집 대문에 설송이 현우와 책 상자를 맞잡고 들어서자 즐거운 만남이 기다리고 있다. 대식 부

부는 동네 사람들을 부르고 설송이 보내준 노래방 기계를 마당에
설치해두었다. 다시 찾은 고향 풍경은 별로 변한 건 없는데 세상을
뜨거나 병원에 입원을 하거나 과부나 홀아비 신세가 된 동년배들
이 많다. 그중에는 부모를 대신해서 온 자식도 있다. 누구는 지난
달에 세상을 떴다며 아쉬운 마음을 전하는 밤이 대낮같다.

"대식 엄마 아빠, 무슨 잔칫날이라고……. 세상에 소 잡고 돼지
잡고 음식을 왜 이렇게 많이 했어요?"

"아니, 성철이 엄마가 잘돼서 성철 아빠랑 돌아온다는데, 이보
다 더 큰 잔치가 또 어디 있것소? 정말 축하해요."

동네 사람들은 저마다 웃음꽃을 피우며 노래를 흥얼거린다.

"나는 성철이 엄마가 이렇게 올 줄 알았당께."

"성철이 엄마가 책을 내서 올 줄 알았어야이. 성철이 엄마 아빠
둘이 돌아올 줄 알았당께. 성철이가 교수 돼서 미국 여자하고 결혼
할 줄 알았당께."

설송에게 책을 한 권씩 받아든 사람들은 작가가 사인한 책을 직
접 받은 것은 처음이라며 이런 영광이 어디 있느냐고 기뻐들 한다.

모인 사람 모두 여태까지 이보다 즐겁고 뿌듯한 동네잔치는 없
었다며 축하 인사를 나눈다. 밤새도록 춤을 추며 노래 부르는 흥이
날이 밝을 때까지 그칠 줄을 모른다.

대식 아빠가 설송 부부를 방으로 조용히 부른다.

"성철 엄마, 진즉부터 생각하고 있었는데 지금이 기회인 것 같
네요. 그동안 우리가 고씨 가문 전 재산을 모두 차지하고 마치 내

것처럼 살았어요. 얼마 되지는 않지만 저희 성의입니다요."

설송은 건네는 봉투를 돌려준다.

"무슨 돈이에요?"

"오신다는 전화를 받고 급히 준비하느라 얼마 안 돼요. 하지만 우리 마음이에요."

"아니, 이게 무슨 말씀이에요? 여태까지 쌀이며 갖가지 채소하며 우리가 오히려 덕을 봤죠."

"아닙니다. 어떻게 우리가 대식이를 법대에 보내고 변호사를 만들 수 있었겠어요? 다, 성철이 엄마 아빠 덕분이죠."

현우도 손사래를 친다.

"아니에요. 우리가 더 고맙죠. 오다 보니 폐가도 눈에 띄고 논밭은 거의 쑥대밭이 되어 있던데, 우리는 대식이 엄마 아빠가 부지런히 노력한 덕분에 본가관리도 잘되고 우리도 잘 먹고 잘 살아왔다고 생각해요. 그동안 고생이 많았겠어요. 그냥 넣어두세요."

현우마저 거절의 뜻을 표하며 봉투를 돌려주었으나 대식 엄마 아빠는 설송 손에 억지로 봉투를 쥐어준다.

"정 그렇다면 이 돈은 고아원에 기증할게요."

"그것은 성철이 부모님이 알아서 하세요."

마을 사람들은 노래방 기계로 시간 가는 줄 모르고 밤새도록 놀다가 그 자리에 쓰러져 모두 잠이 든 채로 아침을 맞는다.

대식 엄마가 끓인 해장국으로 동네 사람들과 가벼운 아침 식사를 하고 설송은 시부모 산소로 간다. 자리를 펴고 준비해간 음식을 놓고는 대식 엄마가 눈물을 흘리며 먼저 입을 연다.

"성철이 할머니 할아버지! 드디어 성철이 엄마 아빠가 이렇게 함께 돌아왔네요. 여태 하늘에서 쭉 지켜보고 계셨죠? 이미 다 알고 계신 거죠? 도와주신 거죠? 내 며느리, 내 며느리 하시며 우리 며느리는 뭐 하나 버릴 것이 없다 하시며 예뻐하신 두 분이 하늘나라에서 도와주신 거 맞죠? 흑흑흑!"

대식 엄마가 설송보다 더 기뻐하고 감격해한다. 설송은 비석 앞에 시집과 소설을 놓고 조용히 기도를 한다.

'어머님 아버님, 저 왔습니다. 고향을 떠날 때 이 자리에서 일기장 열다섯 권을 모두 불사르고 서울로 올라가서 앞만 보고 열심히 살았습니다. 성철이 손 잡고 서울로 가서도 어머님 아버님이 저를 사랑해주신 은혜에 보답하고 부끄럽지 않은 며느리가 되려고 하루하루 일기를 쓰며 열심히 살았습니다. 덕분에 시집을 내고 소설까지 출간하게 됐습니다. 성철이는 공부를 잘해서 미국 유학 다녀와 대학교수가 됐고요, 며느리도 교수랍니다. 손녀가 벌써 중학생이랍니다. 어머님 아버님 기쁘시죠? 성철이 아빠는 정년퇴직 후돌아와서 저와 함께한 세월이 벌써 이십 년이 흘러가고 있네요. 지금은 성철이 아빠랑 잉꼬부부로 이 세상 누구보다 행복을 누리며 잘 살고 있습니다.'

칠십 평생을 살아오며 눈물이 무엇인 줄도 모르고 살아왔는데 시부모 묘 앞에서 으흐흑…… 소리 없는 눈물이 설송의 볼에 그칠 줄 모르고 흘러내렸다.

남편의 빈자리를 채워준 시부모님. 옷을 만들어드리면 기뻐하시던 모습, 결혼반지로 만들어드린 금반지를 끼고 다니시며 좋아하던 모습, 성철이 낳고 일곱이레 지날 때까지 소고기 미역국을 끓여주시며 방문 밖은 한 걸음도 못 나오게 하시던 모습들이 바로 지금처럼 설송은 생생하게 느껴진다.

'어머님 아버님의 큰 사랑이 없었다면 아마도 저는 험한 세상을 이기지 못하고 미치든지 죽든지 했을 것입니다. 하지만 저는 결코 부끄럽지 않은 며느리로 살아남기 위해 최선을 다해서 제 인생 무대에서 열심히 쇼를 했습니다. 고씨 가문 귀신이 되어야 한다는 친정 부모님에게도 불효자식이 될 것 같아 저는 칠전팔기의 정신으로 가시밭길도 마다않고 살았습니다. 훌륭한 며느리로 살아남아야 한다는 의지와 훌륭한 엄마가 되겠다는 결심으로 버티며 세상과 싸우며 살았습니다. 이제 어느덧 저희도 어머님 아버님 곁으로 갈 때가 되었네요. 어머님 아버님, 다시 만나게 되면 저희와 못다 한 삶을 다시 살아보기를 바라봅니다.'

오랜만에 시부모를 만나 어리광을 부리고 나니 설송은 마치 다시 새색시 때로 돌아가는 듯하였다. 서울까지 동행해주며 응원해주던 남편의 죽마고우 우균, 상인, 동현, 남길, 기주, 근배 삼촌과 친구 청월, 승미, 송자, 그리고 골목 끝까지 눈물로 배웅해주던 동네 사람들과 이제 죽어도 여한이 없다며 웃음꽃을 피우며 가벼운 악수로 작별 인사를 나누었다.

♥

설송은 시부모의 유산이나 다름없는 봉투를 받고 와 하룻밤을 보내면서 많은 생각을 한다.

"아빠, 우리가 이 돈을 쌓아놓으면 무슨 소용 있겠어요? 얼마 되지는 않지만 고아원에 기증하는 것이 어떻겠어요?"

"그렇게 해요. 당신 뜻이라면 나는 무조건 오케이니까."

"뉴스를 보면 요즘 이혼율이 높아지면서 고아들도 늘어난대요. 이혼하면서 자식을 서로 키우라고 떠밀다가 결국은 고아원에 맡긴다네요. 얼마나 안타까워요. 옛날에는 아무리 시집살이가 심하고 당장 굶어 죽을 상황에서도 이혼이라는 단어는 입 밖에 꺼낼 줄 모르고 그냥 참고 살았는데, 요즘은 여자들도 능력이 있고 수준이 높아져서 그런가? 걸핏하면 누가 너 아니면 죽을 줄 아냐고 쉽게 이혼을 선택하는 것 같아요. 또다시 사랑에 빠져 새 가정을 이루게 되면 자식은 귀찮은 존재가 되고, 그런 의붓부모들 때문에 사건사고도 늘어나는 거 같아요. 그런 부모 밑에서 성장한 아이들은 범죄자로 전락할 확률도 높대요. 아무튼 보통 일이 아니에요."

"요즘 사람들은 철이 없어요. 꿈도 희망도 미래도 없이 마치 그냥 하루살이 인생들 같아요."

♥

설송은 운전하는 남편 옆에서 착잡한 마음을 나누며 고아원에 기부를 하고 돌아오며 하루라도 건강했을 때 죽음 준비를 해야겠다는 생각을 한다.

"조금이나마 사람 노릇한 것 같아서 기분이 참 좋은데요. 아빠, 우리도 이 세상 떠나갈 준빌 해야 할 것 같아요. 난 시체 기증을 할 생각을 하고 있는데 아빠 생각은 어때요?"

현우도 예전부터 생각하고 있었지만 먼저 말을 꺼내기가 망설여져 주저했다며 당장에 실천에 옮기자고 장기기증협회에 연락을 했다. 얼마 지나지 않아 서류가 도착한다. 성철과 브로닌으로 부터 가족 동의서에 사인을 받고 서류를 완성하자 설국도 설송의 생각에 동의를 표한다.

"암튼 우리 송이가 하는 모든 생각은 건전하고 모범적이야."

그러나 올케는 무서워서 싫다고 한다. 그러자 설송이 올케를 설득한다.

"언니, 의대생들의 해부학 수업에 시체 한 구에 한두 명씩 실습을 해야 한대요. 그런데 우리나라 현실은 예닐곱 명에 한 구씩 할당된다네요. 우리 부부는 이름 남길 것도 없는데 뭐가 잘났다고 묘를 만들고 반듯이 누워 오가는 사람들을 똑바로 쳐다보겠어요? 의대생들에게라도 도움이 됐으면 하는 마음에 내린 결정이에요. 그리고 신부님과 목사님, 스님, 원불교까지 각 종교 단체에서 일 년에 한 번씩 추모식도 해준대요."

설국과 세 사람이 서류를 보내고 한 달 후에 시체 반납증이 도착한다. 막상 주민등록증 뒤에 꽂아 챙기자 감정이 조금 묘하다.

설송은 유언장도 써놓고 시체 기증과 사전 의료 연명 중단 의향서까지 작성해놓고 나니 마음이 편안하다.

"아빠, 만약에 아빠가 하늘나라에 먼저 가게 되면 남은 인생 아빠를 생각하면서 이번에 인터넷에서 배운 노래를 부르며 살게요. 내가 먼저 세상을 뜨게 되면 아빠가 이 노래를 부르며 나머지 인생 살다가 오세요. 어쩌면 꼭 우리 둘 이야기 같은지 모르겠어요. 만약에 아빠가 먼저 떠나면 내가 추모시를 지어 장례식 때 읽으려고 생각하고 있는데 대신해서 이 노래를 불러도 되겠어요. 아빠, 내가 먼저 가게 되더라도 슬퍼하지 말고 불러주세요."

"우리 함께 불러봐요. 이제 가사는 다 외웠고 곡만 잘 익히면 되겠어요. 자 함께 불러요."

갈대밭이 보이는 언덕 통나무 집 창가에
길 떠난 소녀같이 하얗게 밤을 새우네
길 잃은 나는 차 한 잔을 마주하고 앉으면
그 사람 목소린가 숨어 우는 바람 소리
둘이서 걷던 갈대밭 길에 하얀 지붕 있는데
잊는다 하고 무슨 이유로 눈물이 날까요
아-아-아 길 잃은 사슴처럼 그리움이 돌아오면
쓸쓸한 갈대숲에 숨어 우는 바람소리
둘이서 걷던 갈대밭 길에 하얀 지붕 있는데
잊는다 하고 무슨 이유로 눈물이 날까요

아-아-아 길 잃은 사슴처럼 그리움이 돌아오면

쓸쓸한 갈대숲에 숨어 우는 바람소리

컴퓨터 앞에 서서 손을 맞잡고 마음을 모아 노래를 하던 설송은 평소에 노래를 즐겨 부르던 추억이 떠오른다. 노래방 기계를 틀고 선 현우를 재촉한다.

"아빠, 우리 오늘 밤새도록 실컷 불러요."

설송은 노래방 기계에서 곡목을 찾아 남편이 제일 좋아하는 '향수'와 '홍도야 울지 마라'를 찾고, 자신은 애창곡 '꽃밭에서'와 '그네', '달밤'을 예약한다.

"아이고, 이제 그만 부르고 잡시다."

"아빠, 너무 좋아요. 오늘 우리 미리 장례식해본 셈쳐요. 혹시 둘 중 누군가 먼저 죽더라도 울지 않기예요. 가슴 아파하지도 말고 허전해하지도 말고 인터넷에 저장해둔 함께 찍은 사진을 보며 늘 곁에서 함께 있는 것처럼 살다가 저세상에서 다시 만나 기쁘게 함께 해요."

현우는 설송을 살며시 끌어안는다.

"고마워요. 우리의 행복을 자축합시다."

설송 부부는 오늘 밤 행복한 일생을 갈무리한 것 같다. 노래방 기계에서 울려 퍼지는 멜로디가 마당을 지나 담장을 넘어서 골목까지 평화롭게 울려 퍼진다.

24막

강연 100℃
자연은 사계절, 인생은 오계절

사회자 : 이번에는 초등학교 3학년 때부터 가졌던 작가의 꿈을 이루기 위해 평생 독학으로 공부하면서 육십 대에 《아직은 늦지 않으리》라는 시집을 내고 칠십 대에는 《사랑이 메아리처럼》이라는 소설을 출간하신 주인공 설송 님을 소개합니다. 지금은 영화 시나리오를 집필 중이시라고 합니다. 더욱이 올해는 결혼 오십 주년을 맞이하셨다니, 더욱 의미 있는 해인 듯합니다. 건강하고 즐겁고 행복하게 백년해로하시는 인생의 비밀을 여러분과 함께 나누어주실 설송 선생님, 나와주시기 바랍니다.

설송 : 반갑습니다. 저는 자연은 사계절, 인생은 오계절이라는 주제로 이야기를 할까 합니다. 제가 생각할 때 자연에는 봄 여름 가을 겨울 사계절이 있지만 인생은 오계절이 있다는 것을 알았습니다. 10대부터 20대의 시기는 봄이요, 30대 40대는 여름이고 50

대 60대는 가을이요, 70대 80대는 추억의 계절이고, 90세에서 100세는 겨울입니다. 제가 팔십 인생을 살다 보니 요즘 하루하루는 그동안 내가 걸어온 인생길을 되짚으며 추억을 먹고살고 있더군요. 지금까지 더 높은 곳으로 오르기만 한 발걸음을 멈추고 이제는 돌아갈 길을 생각하며 추억하는 계절이 하나 더 있다는 것을 알았습니다. 제가 걸어온 어떠한 길도 인생 일기에 그대로 기록되고 추억으로 남아 있더군요. 저는 눈이 닿는 곳이면 시계와 달력, 그리고 거울을 걸어놓고 항상 저를 점검하며 하루하루를 살았습니다. 시계의 초침을 보면서 '내 마음은 잘 움직이고 있는가?', 달력을 보면서 '오늘도 잘 살고 있는가? 내일도 잘 살 수 있을까?', 거울에 비친 모습을 보면서 '마음에 흡족하게 살고 있는가?' 반성도 하고 칭찬도 하면서 그 마음으로 하루하루 일기장에 썼습니다. 자연은 제철에 맞게 제값을 하며 살아가는데 내 인생도 과연 제값 다 하면서 세월을 보내고 있는가, 그런 생각들을 했습니다.

우리는 매일 일기예보에 귀를 기울이며 살아갑니다. 과학자들이 수많은 연구 끝에 기후 온도 습도까지 예측하면 기상 캐스터가 자신 있게 발표를 합니다. 그러나 길을 나서면 때로는 우산이 필요 없을 때도 있고 두꺼운 오버가 무거워질 때도 있습니다. 그러면 사람들은 '무슨 일기예보가 이리도 엉터리야?' 하면서 화를 냅니다. 그렇습니다. 일기예보에도 오차가 생길 수 있습니다. 물론 우리 인생도 계획하는 대로 살아갈 수만은 없는 것이지요. 인생예보도 착오가 생길 수 있습니다. 하지만 누구에게 원망이나 후회를 할 수만은 없습니다. 자기 인생은 스스로 개척하고 책임지며 만들어 가야 하니까요.

계절 중에 가장 먼저 찾아오는 것이 봄이죠? 봄은 씨앗을 뿌리는 계절입니다. 우리네 인생은 20대까지가 봄철입니다. 봄철에는 산과 들에 울긋불긋 아름답게 꽃이 피고 잠을 자던 개구리도 땅속에서 나오고 새들도 자기의 목소리로 노래를 부르는, 그야말로 생기가 도는 아름다운 계절이지요. 농부들은 봄 동산에 땅을 잘 다듬어서 씨앗을 골라 심고 뿌리며 아름다운 꿈을 심습니다. 여러분은 봄밭에 무슨 씨앗을 심고 뿌리시겠습니까? 무슨 꿈을 심으셨습니까? 저는 국민학교 삼학년 때 작가라는 꿈을 내 봄밭에 꾹꾹 심었습니다.

30, 40대는 여름입니다. 여름철은 가꾸는 계절입니다. 여러분은 여름철에 무엇을 가꾸시겠습니까? 개미도 여름이면 땀을 뻘뻘 흘리며 겨울을 준비한다고 합니다. 여름에 하루를 쉬면 겨울에는 열흘을 굶어야 한다는 말도 있습니다. 저는 작가의 꿈을 이루기 위해서 책을 내야 하고, 책을 내려면 공부를 해야겠다는 생각으로 중학교에 진학을 못한 현실을 비관하지 않고 논어, 명심보감, 고사성어 등을 읽고 천자문을 책처럼 써가면서 시간을 보냈습니다. 동네 사람들이나 친지들에게 예쁘고 얌전하고 솜씨가 좋다는 칭찬을 듣고, 스무 살 되는 해 일등 처녀가 시집간다는 부러움을 받으며 꽃가마를 탔습니다. 결혼 첫날부터 일기를 쓰며 꼭 책을 내서 작가가 되겠다는 꿈과 노후에는 멋진 시엄마도 되고 장모가 되어야지 하

는 마음으로 영어 공부를 했습니다. 시대의 변화에 뒤처지지 말자는 나와의 약속을 지키기 위해 컴퓨터를 배우며 하루도 빠지지 않고 일기를 썼습니다. 세상의 무대에서 비극의 주인공은 되지 않겠다는 굳은 결심으로 하루하루를 만들어갔습니다.

제 머리맡에는 라디오, 메모지와 펜이 항상 놓여 있었고, 나들이 길 가방 속에는 빵은 없어도 메모지와 볼펜은 꼭 챙겼으며, 국어사전 두 권이 너덜해지도록 제 손때가 새까매졌습니다. 펜을 놓지 않은 손가락은 이렇게 옹이가 사라지지 않습니다. 그동안 제가 글을 쓴 종이가 아들이 논문을 쓰고 나온 이면지와 달력입니다. 글씨가 없는 광고지도 여백이 있다면 주저하지 않고 그 위에다 글을 썼습니다. 그런 종이가 라면 열 박스는 족히 넘을 것이고 다 쓴 볼펜도 이백 자루가 넘을 것 같습니다. 여담으로 남편이 볼펜을 쓰려다 제자리에 없다고 볼멘소리를 하는 일이 자주 반복되니 듣는 저도 화가 나서 한마디했습니다. '옛날에 어떤 시어머니가 둘째 며느리를 얻었는데 큰며느리처럼 바늘을 찾지 않아서 내가 작은며느리를 잘 얻었구나 하고 생각했는데 그 작은며느리는 바느질을 할 줄 몰라서 바늘을 찾을 필요가 없었다는 것을 알았다는 겁니다'라고 남편에게 얘기를 한 후에는 남편이 볼펜이 제자리에 없으면 '작가 선생님, 볼펜이 안 계십니다'라고 해서 웃던 일도 있었습니다. 텔레비전이나 신문을 보거나 라디오를 들을 때 항상 순간을 놓치지 않아야 하기 때문에 종이와 볼펜을 늘 챙기는 거죠. 그리고 책을 내는 데 도움이 될 수 있는 곳이면 라디오 방송이나 백일장 어디든지

다 찾아다녔습니다. 저는 책 한 권을 내기 위해 평생을 공부했습니다. 대학교까지 십육 년이면 충분한데 중학교에 못 간 죄로 칠십 평생을 공부로 나를 가꾸었습니다.

50대 60대는 가을입니다. 가을은 열매를 거두는 계절입니다. 오곡백과가 무르익으며 들판은 황금바다로 물들고 붉게 물든 나뭇잎은 온 세상 사람들의 몸과 마음에 희망과 행복을 전해줍니다. 봄에 심은 꿈을 여름 내내 잘 가꾸어 가을은 심은 만큼 수확을 하는 계절로 맞아야 합니다. 여러분은 무슨 열매가 있으며 얼마나 수확을 하시겠습니까? 저는 이십 대에 심은 작가의 꿈을 수확했습니다. 결혼 후 서울로 이사 와서 다시 쓰기 시작한 일기장 열다섯 권과 시 300편을 출판사에 보냈습니다. 원고를 보내 놓고는 하루 빨리 책이 보고 싶어서 헌 책에 하얀 종이로 책표지를 입히고 한 권은 《엄마의 일기》 그리고 또 한 권은 《아직 늦지 않으리》라고 써서 책장에 꽂아놓고 쳐다보며 설레던 순간을 지금도 가끔씩 떠올려 봅니다. 저에게는 《아직 늦지 않으리》라는 시집이 육십 대에 얻은 꿈의 열매입니다. 그 후로 저는 시집을 낸 책임을 지려고 언제 어디서 누구를 만나도 함부로 말하지 않고 함부로 행동하지 않고 저를 가꾸었습니다.

70대 80대는 추억의 계절입니다. 여러분은 추억의 계절이 찾아오면 무엇을 되새김질하실 겁니까? 젊은 날의 어떤 추억이 있으십니까? 내 인생의 추억나무에는 아름다운 별명의 열매가 스무 개나 주렁주렁 열렸습니다.

사람들을 만나보면 세대별로 나누는 관심사가 다릅니다. 십 대에는 '누가 성적이 좋은가?', '이십 대는 누가 좋은 직장을 다니는가?', 삼사십 대는 '누가 더 좋은 집에서 사는가? 누가 더 좋은 옷을 입고 사는가?' 등등 서로 경쟁하며 보이는 것들에 더 치중하지만 나이가 들어 갈수록 육체는 물론 정신까지 건강한 삶을 사는 것이 가장 중요한 것 같습니다. 젊은 날 패기와 용맹, 희망과 사랑은 바람처럼 물처럼 어디론가 사라져버리고 칠팔십 대 모습은 마치 앙상한 가지에 외롭고 쓸쓸하게 남은 마지막 잎처럼 처량하게 보일 뿐입니다. 왕년에 내가 어떤 사람인 줄 아느냐며 제아무리 큰소리를 쳐봐도 누가 믿고 알아주지 않고 흘려듣습니다. 참, 인생 허무하고 억울할 일입니다.

　그런데 저는 요즘 만나는 사람들이 제게 젊어서 무엇을 했느냐 묻습니다. 공무원, 교수, 모델을 했느냐고 물어올 때면 마치 그런 사람으로 살아온 것처럼 행복을 느낍니다. 만나는 사람마다 좋은 별명으로 저를 불러주는 사람들이 고마워서 일기장에 써놓았던 제 별명을 다 합쳐보니 무려 스무 개가 넘는 것입니다. 남편은 제게 당신은 천사고 육사생도라고 부르고, 친지들은 신사임당이라고 불러줍니다. 제가 살아온 날의 흔적이 또 다른 이름이 되어 돌아올 줄은 젊은 시절에는 몰랐습니다. 별명은 또 다른 제 이름입니다. 사람이 세상에 태어나서 제일 먼저 받은 선물이 부모님으로 부터 받은 자기 이름입니다. 그런데 친구가 생기고 학교를 다니고 사회생활을 하면서 우리는 상대방으로부터 자신을 부르는 다른 이름을 선물받습니다. 저는 별명이 진짜 자기의 이름이라는 것을 알았습니다. 오늘도 누구를 만나면 멋있으세요, 학구적이세요, 제 분위기를 보고 말을 건네옵니다. 그래서 제가 걸어온 길을 눈 감고 깊이 생각해보았습니다. 참 신기하게도 별명 하나하나에 제 삶의 흔적이 담겨 있다는 것을 발견했습니다.

꿈을 이루기 위해 시집을 내고 작가가 되기 위해 더 많은 책을 읽은 것이 제 몸과 마음에 함께 쌓여서 저의 참모습이 되었구나 생각을 하니 제게 좋은 별명을 붙여주신 한 분 한 분이 마치 세상으로부터 저를 지켜주신 호위병 같게 느껴집니다. 그것은 일확천금을 얻은 것보다 더 큰 기쁨이요, 힐링이요, 힘이 되었습니다. 그래서 저는 그 고마움에 보답하는 마음으로 저도 다른 사람도 저와 똑같은 삶을 살아갈 수 있도록 용기를 드리기 위해 자서전을 쓰고 이 자리까지 서는 용기를 얻게 되었습니다.

칠십 평생을 살아오는 동안에 제 몸을 위해 값비싼 옷 한 벌, 신발 한 켤레 사지 않았고 미장원에 한 번 가보지 않았습니다. 밥상이며 탁자며 의자, 장롱, 텔레비전, 컴퓨터까지 우리 집 세간 모두 돈 들여 산 것이 거의 없습니다. 하지만 저는 부끄럽게 생각하지 않았습니다. 젊어서는 세상과 싸우느라 제게 투자할 여력이 없었거든요. 버려진 물건을 가져다 쓸 때에도 저는 주인이 따로 정해져 있는 것이 아니라 생각하고 제게 인연으로 와준 것에 감사하며 깨끗이 닦아서 썼습니다. 그것은 길에 버려진 남의 복까지 주워온 기분이었습니다.

지금도 멋있다는 말 한마디를 전해 들을 때의 행복감은 그 어떤 것보다 가치 있는 선물처럼 느껴집니다. 저는 요즘 추억을 떠올리면 행복감이 물밀듯 몰려옵니다. 집을 나서면 바로 집 앞 사랑교회 주차장 앞 벤치부터 발걸음을 옮기는 곳곳마다 글을 썼던 추억의 장소가 눈앞에 아지랑이처럼 떠오릅니다. 일산 호수공원, 북한산, 도봉산, 수락산, 관악산, 소요산 그리고 인천 매립지 국화꽃 축제, 안면도 백합꽃 축제. 구리시 코스모스 축제 또 상암 올림픽공원의 억새풀 축제, 선유도와 한강 이 모든 것에 제 이야기가 묻어 있습니다. 부천 호수공원을 다시 찾으면 마치 저의 추억이 꽂혀 있는 서재 같습니다. 하얀 지붕을 한 정자, 일본풍 정자, 그리고 두레박이 있는 우물 앞 초가의 정자와, 이층 계단 정자에도, 하늘을 찌를 듯한 소나무 그늘 아래에도, 물고기가 헤엄치는 호수 앞 벤치에도 제가 글을 썼던 모습의 흔적을 확인하고 한없는 행복의 날개가 파닥이는 것 같습니다. 이것이야말로 인생을 힐링하는 것이 아니겠습니까?

90에서 100세는 겨울입니다. 겨울은 잠을 자는 계절입니다. 여러분은 언제 어디서 어떻게 무슨 잠을 청하시렵니까? 저 또한 한 자루 꺼져가는 촛불처럼 서서히 흘러버린 청춘을 되돌아보며 스스로 추억에 젖어봅니다. 삶의 여정에서 폭풍을 만나 몸을 가누기가 힘이 들 때는 릴케의 시 '슬플 때는 실컷 울고 기쁠 때는 함박 웃는 여인이 되게 하소서'라는 구절을 떠올리며 마음에 위로를 얻으면서 살았습니다. 갑자기 소낙비를 맞을 때면 푸시킨의 시 '삶이 그대를 속일지라도 슬퍼하거나 노하지 마세요'라는 구절을 마음에 연고처럼 바르며 스스로를 위로하며 살았습니다. 소리 없는 회오리바람에 삶이 휘몰아 감길 때는 '연꽃은 진흙탕 속에서도 자기의 아름다움을 잃지 않는다'고 곱씹으며 마음의 희망을 찾았습니다. 이렇게 열심히 살아온 제 인생에 스스로 박수를 보냅니다.

사람은 꿈을 가져야 하고 간절히 소망한 꿈은 반드시 이루어진다는 것을 알았습니다. 그리고 좋은 취미를 가져야 한다는 것도 알았습니다. 제 모든 행복은 작가의 꿈을 가졌기 때문임을 알았습니다.

뉴스를 보다가 도박단 현장이나 뇌물 공여로 사과 박스에서 신사임당이 그려진 오만 원권을 볼 때면 저는 크로커다일 작품공모전에서 받은 상금으로 남편의 칠순 잔치 때 그 오만 원권 한 장씩 담아 아들, 며느리 그리고 새로 얻은 자식들에게까지 나누어준 기억을 떠올리며 행복해합니다. 제가 운동을 하러 다니는 부천 호수공원에 봄이면 빨간 양귀비꽃이 만발할 때도, 보리밭에 싹이 나올 때도, 보리이삭이 고개를 숙일 때도, 제가 죽어 사라진다 해도, 글을 썼던 흔적은 변함없이 화려한 꽃으로 남아 있을 것입니다. 그러기에 행복한 노후를 맞이하기 위해서는 젊어서 가치 있는 꿈이란 무엇이고 아름다운 추억이란 무엇인가 생각하며 삶을 가꾸어나가야 합니다. 자연은 '인생 오계절'이라는 주제로 여러분과 함께 제 팔십 평생의 이야기를 나누어보았습니다. 끝까지 경청해주셔서 감사합니다.

사회자 : 네, 잘 들었습니다. 초등학교만 졸업한 부족함을 극복하기 위해 평생 공부를 해서 육십 대에는 시집을 내시고, 칠십 대에는 자전소설을 내시면서 꿈을 이루고 살아온 인생을 나누고 싶다는 설송 님 이야기 정말 잘 들었습니다. 사람이 사람답게 살아가려면 꿈을 가져야 하고 꿈을 이루기 위해서는 일기를 쓰며 하루하루 최선을 다해서 살아야 한다는 말씀도 아주 잘 들었습니다. 저도 오늘 밤부터 일기를 쓰겠습니다.

자, 오늘의 공감지수는 얼마나 되는지 알아보겠습니다. 네, 100℃ 입니다! 큰 박수를 보내드립니다. 감사합니다.

무대 위에서 현우가 안겨준 빨간 장미 꽃다발이 설송의 품에서 환하게 웃고 있다.

25막

금혼식과 출판기념회

설송은 진흙탕에서도 피어난 연꽃처럼, 하얀 눈밭에도 굳건하게 서 있는 푸른 소나무처럼 평생을 살아온 결혼 오십 주년을 하나님께 감사하는 마음으로 금혼식을 겸한 출판기념회를 열었다.

"안녕하십니까? 미약한 저의 금혼식 겸 출판기념회에 자리를 함께해주신 여러분, 정말 감사합니다. 결혼 오십 주년은 그냥 넘어가려고 했는데 졸작이 나오고 보니 마치 맛있는 음식을 만들어서 혼자만 감추어놓고 먹는 기분이 들었습니다. 그래서 얼굴도 보고 얘기를 나누고 싶어서 자리를 마련했습니다. 저의 분신 같은 소설이 나오자 제 마음에 시 한 구절이 생각났습니다. 함께 들어주시기 바랍니다. 변변치 못하지만 저의 정성이라 생각해주시고 맘껏 노래도 부르시고 춤도 추는 즐거운 시간이 되었으면 참 좋겠습니다."

설송은 원고 없이 마음의 시를 남편과 함께 나란히 서서 얼굴을 마주보며 읽어 내려간다.

험악한 산 중턱 소나무 아래 외롭게 서 있던 잡초야

너의 무덤을 바라보아라

새빨간 장미 두 송이가 아름답게 피어 있단다

짝짝짝! 하하하! 출판기념회를 찾은 사람들 모두 자신들의 행복인 것처럼 박수와 환호를 보낸다. 설송을 축하해주기 위해 한자리에 모인 지인들 모두 고개를 끄덕이는 모습이 활짝 핀 꽃 같다.

설송의 가족들, 미국에서 온 브로닌의 부모들 모두 앞뒤 자리를 잡고 기념 촬영을 한다. 한바탕 가족들과 성철의 친구들이 노래를 부르고 춤을 추며 연회장이 떠나갈 듯 즐거운 시간을 함께 보내고 헤어진다.

설송과 현우는 미국에서 온 사돈과의 약속대로 미국행 비행기에 함께 오른다.

설송의 인생 무대가 서서히 막을 내린다.

설송의 마음에 항상 기뻐하고, 쉬지 말고 기도하고, 범사에 감사하라는 찬송시가 흐른다.

이 도서의 국립중앙도서관 출판예정도서목록(CIP)은
서지정보유통지원시스템 홈페이지(http://seoji.nl.go.kr)와
국가자료공동목록시스템(http://www.nl.go.kr/kolisnet)에서 이용하실 수 있습니다.
(CIP제어번호 : CIP2015016448)

사랑이 메아리처럼

1판 1쇄 인쇄 2015년 6월 17일
1판 1쇄 발행 2015년 6월 30일

지 은 이 | 이정순
펴 낸 이 | 이병우
책임편집 | 박소미
펴 낸 곳 | 화담출판사(출판등록 제 406-2013-000060호)
주   소 | 경기도 파주시 청암로 28
전   화 | 031-923-3549
팩   스 | 031-923-3358
메   일 | hwadambooks@hanmail.net
ISBN 978-89-87835-79-2 (03810)

화담출판사는 세상의 아름다움을 널리 알리는 그릇입니다.
그 아름다움을 함께할 작가를 모십니다.